李禹东

著

国际文化出版公司

·北京·

**图书在版编目（CIP）数据**

笔落三千年 / 李禹东著 . -- 北京 ：国际文化出版
公司，2019.1（2023.1 重印）

ISBN 978-7-5125-1123-1

Ⅰ．①笔… Ⅱ．①李… Ⅲ．①长篇小说－中国－当
代 Ⅳ．① I247.5

中国版本图书馆 CIP 数据核字 (2018) 第 301443 号

**笔落三千年**

--------

| | | |
|---|---|---|
| 作　　者 | 李禹东 | |
| 责任编辑 | 潘建农 | |
| 统筹监制 | 杨　智 | |
| 策划编辑 | 孙金山 | |
| 美术编辑 | 丁鋆煜 | |
| 出版发行 | 国际文化出版公司 | |
| 经　　销 | 国文润华文化传媒（北京）有限责任公司 | |
| 印　　刷 | 天津画中画印刷有限公司 | |
| 开　　本 | 700 毫米 ×1000 毫米 | 16 开 |
| | 17 印张 | 160 千字 |
| 版　　次 | 2019 年 1 月第 1 版 | |
| | 2023 年 1 月第 3 次印刷 | |
| 书　　号 | ISBN 978-7-5125-1123-1 | |
| 定　　价 | 36.00 元 | |

国际文化出版公司
北京朝阳区东土城路乙 9 号　　邮编：100013
总编室：(010) 64271551　传真：(010) 64271578
销售热线：(010) 64271187
传真：(010) 64271187-800
E-mail：icpc@95777.sina.net

# 序

## 以史为鉴　与时俱进

几天前，在外交部工作四十年现已退休的张国斌小同志带来一位更小同志——85后作家李禹东的亲切问候，并邀我为禹东将要出版的新作《笔落三千年》写个序言。

大概十年前，我和禹东有过一次交谈，他那时高中刚毕业，正要留学英国。年龄虽小，但已创作了小说《夜案》《罨》和散文《狂若处子》以及《带刺的莎士比亚梦》等作品，已是小有名气的作家了。我们互赠了自己的作品，以作纪念。

多年过去了，小禹东在创作道路上越走越扎实。新书《笔落三千年》是他近几年在出版了长篇小说《人间犬吠》《失焦》后的又一力作。

该书是一本历史小说，但和现有市面上的历史小说又有不同。

它在尊重历史的基础上，用小说的结构和风格表述历史。历史小说非常难把握，往往尊重了历史，就会成为历史资料的堆砌，人们读来感到枯燥，要么就是扭曲历史。如何既尊重历史，又让广大读者爱读，这需要扎实的知识底蕴，还需要较好的文学功底。从这本《笔落三千年》不难看出，禹东是下了很大功夫的。

我是怀着既轻松又沉重的心情读完这本小说的。我觉得这本书不少年轻朋友也可能喜欢读。看小说体的史书相对不累，又能记得一点真实故事，能够学会以史为鉴。

自1840年鸦片战争起，西方列强以其船坚炮利轰开了中国的国门，我们这个古老的民族从此便陷入了无尽的痛苦中。以小农经济为立国之本的中国开始意识到，欲求生存，唯有自强和变革。于是，从保守的洋务运动和戊戌变法，到辛亥革命，再到中国共产党人领导的无产阶级革命和新中国的诞生，中华民族在复兴道路上经历了一段艰难而辉煌的历程。

禹东用文学的手法，以甲午战争的失败为主轴，以富有争议的李鸿章那屈辱而又感伤的外交生涯为核心，引领读者在一片唏嘘中思考三千年来的历史教训。可以帮助读者深入理解"弱国无外交"这句老生常谈的话语的内涵，更好地理解民族文化的自尊、自信和与时俱进以及新时代在国际事务中互惠互利、共商共建共享的重要意义。

很久没有看这样的小说了，读后感动之余便赘言几句，与年轻朋友交流交流。


——中华人民共和国外交部前部长 李肇星

2018年8月12日于河北保定白石山下

# 前　言

当你吃饭时，筷子是历史，瓷碗是历史，饭菜是历史，甚至连眼前的圆桌，也是历史。客人落座，座次的讲究是历史，言语中的客套是历史，吃得高兴了，一杯酒下肚，才猛然想起，原来这酒，本身也是一段历史。对于中国人而言，不论是外族入侵，还是改朝换代，文明从不间断地绵延向前，五千年了，早已渗入骨髓，充斥在生活的每一个角落。这是精神的延续，更是一笔宝贵的遗产。

历史即为现实。中国人讲究"古为今用"。世界文明，中国并非最为古老，可是能与自身早期源头一脉相承者，纵观全球，却无出其右。也正因此，对于历史的反思、总结、认知，与世界任何一个国家相比，中国人都有着得天独厚的条件，也更有着特别的心得。

这便构成了笔者创作本书的动机。

以史为镜，可以正衣冠。生在这个拥有辉煌文明的国度里，中国人都是天生的历史爱好者。只不过，对于多数人而言，每天都是起早贪黑，忙忙碌碌，一天的多数时间，都花费在了匆匆忙忙的交往和一刻不停的工作上。到了夜深人静，好不容易想要读读书的时候，却又实在没精力，去研究那些枯燥且过分严谨的史料了。

想要懂一点历史，却又无暇阅读史料，这种矛盾的心理所带来的结果，是直接促进了另一种文体，即历史小说的繁荣。之所以如此，是因为与严谨的史学相比，小说是文学，是一种艺术的形式。文学不排斥杜撰，也不排斥荒谬，只要能够自圆其说，塑造一个完整的逻辑和栩栩如生的人物形象，且引人向善，便可堪称经典。至于故事中的实情如何，真伪怎样，都并不是它所关注的核心问题。四大名著里的《三国演义》和《水浒传》，民间广为流传的《杨家将》等作品，其中内容虽有原型，又与史实相去甚远，却能够在一代一代的流传中，引领他人、教育他人、影响他人，到了最后，因其广泛的社会效应，甚至还冲淡了历史原貌在人们心中的印记。法国文豪大仲马曾言："历史，就是给我挂小说的钉子。"可谓一针见血。

小说的重点是故事。故事中的人物有血有肉，有爱有恨，是多种形象的集合体，也是一个自成体系的矛盾体。小说里的事件，经过精心的设计，时而倒叙，时而插叙，旨在把各方的冲突集中于一点，使人读来惊心动魄，或是热泪盈眶，而这些，却正是记载史料的人必须要避免的不严谨的方式。

严谨的史学忠实地记载了历史的原貌，却又着实不具备洒脱文学的天然传播力。历经漫长的战乱和重塑，旧中国变成了新中国，随着国家大踏步地迈上复兴的道路，中国的读者正在重新找回自己文化基因中的那份骄傲，也正是在这个时候，或许是因市场本身的需要，又或许是作者自身的兴趣，各式各样的历史小说宛如雨后春笋一般，把一排排书柜占得满满当当。那些历史上的英杰被一遍又一遍地演义、杜撰，一会儿谈情说爱，一会儿卿卿我我，故事情节依作者意愿而定，故事中的人物也依作者的好恶强化或是矮化，如此这般，读者细细品来，最终得到了什么？似乎是满脑子混乱吧！

诚然，作为小说，如此种种创作，本身无可厚非。但在笔者看来，身为作者，最基本的职业道德，首先应该是审视一下眼前的环境。作家始终应该是社会中的作家，而不是一个关起门来孤芳自赏的作家。对于我们来说，不论自身影响力是大是小，我们的作品，首先应该对社会起到积极作用。读者依赖文学理解历史，这种做法本身欠妥，却事出有因。而面对这样的环境，我们更应在这类小说作品中，保持一种认真和谨慎的态度。

秉持着这份对社会和对读者的态度，笔者历经一整年的查询和创作，才使这部十余万字的历史小说，画上了它最后一个句号。

这部作品所涉及的时代背景，是中国历史上一场"三千年未有之大变局"。所谓"三千年未有"，即中国历史上任何一朝政府的衰落，都只是因其自身的原因所致，要论社会的文明程度、生产技术、军事装备等层面，从不曾落后于世界。清朝以前的外族人入侵后的下场，都是主动融入中华文明，而后被同化、被改造，从此并入了中华民族的大家庭。

可这本书中的背景，中国人在过往的历史经验中，从不曾见过。就在清政府尚未败坏到谷底的时候，英国人的船坚炮利，已经打烂了中国的国门。领先了世界数千年的中国人，在迅速步入工业化的白种人面前，彻头彻尾地落在了后面。

强大的民族一夜之间变得弱小，骄傲的自尊转瞬荡然无存。就在这样的状态下，19世纪60年代，清政府开始了一场自上而下的自救，那就是"洋务运动"。洋务运动历经三十年，而这其中最具有代表性，也最具有争议的一个人物，就是李鸿章。

他也正是这部小说中的主人公。

至于李鸿章这个人，近代以来，对他的评论始终表现在两极。赞颂他的人称他生不逢时，批判他的人直接把他称作卖国贼。在笔者看来，称赞也好，批判也罢，在那样一个复杂的年代里，考虑到整个大环境中人们的迷茫，许多事并不能下一个单一的结论。李鸿章是一个标准的"士大夫"，在他所处的阶级范围内，他的进步成分当然是毋庸置疑的。可当整个封建体系都已严重落后于世界文明的时候，他的进步，在更加宏观的范围内，却又显得那样杯水车薪，甚至也正因为他的阶级属性，从而阻滞了社会的再进步。

洋务运动是对是错，行走在成功与失败之间的人物是辉煌还是苦涩？一百多年过去了，那些耻辱早已成为往事。新中国从旧中国的手里接过了接力棒，在五千年的传承中继续向前迈进，却也痛定思痛，努力地摒弃糟粕，与时俱进。

既然要做一个对今天负责的作者，笔者在创作这部作品的时候，有一个不可动摇的原则：故事中的时间、地点、人物、事件，以及事件为学术界广泛认可的性质，都不曾加以改动，只是在这一原则的基础上，进行了一些文学式的处理和渲染，对于了解历史原貌，是可以起到一定帮助作用的。

但笔者也毫不讳言，小说毕竟是小说，为了故事本身的精彩程度，将一些情节弱化或强化，通过编造一些对话来突出人物的性格和主张，这些手法，也同样是存在的。除此之外，一些现代文学的表达方式，诸如所谓"意识流""心灵剖析法"等手段，也同样处处可见。所有这些，都是为了能够把那段历史生动地展现在读者的面前。

简言之，这不是一本用来研究历史的史学作品，而是一本用来欣赏历史的文学作品。和市面上多数演义相比，虽类型相似，但本质上却大有不同。

历史即为现实。我们都是活在现代文明中的古人，绝无例外。

学一点历史，正一正衣冠，对于个人，对于社会，对于我们这个拥有五千年辉煌的大国而言，都是很有好处的。

而身为一个创作者，笔者在这本书中所要做的，也不过就是要讲好中国的故事。在这故事中，有太多的宝藏埋藏在角落，等待着读者那智慧的目光。

李禹东

2018年3月12日于太原

# 目 录

楔 子

第一章 惊

## 第三章　变

## 第四章　怒

## 第五章　落　幕

## 第六章　尾　声

## 后　记

弱国无公义，弱国无外交。

—— 陆征祥

# 楔　子

北京城有条街，叫王府街，街西有口井，故名"王府井"。久而久之，人们为了省事，就把这街、这井，合起来叫成了"王府井大街"。

王府街是从好几百年以前留下来的名字。那时候还是明朝。据说明成祖朱棣别出心裁，特意给未成年的小王爷们修了一排王府，因为共有十座，所以人称"十王府"。旁边的"王府街"，也就是这么得名的。

后来，满人得了天下，这儿就成了新主子们的乐园。到雍正一朝的时候，怡亲王允祥成了这儿的主人。他很喜欢这个地方，只可惜无福消受，才住了没多久，就匆匆离世了。

这一年，是雍正八年，就是公元1730年。在弥留之际，这王爷大概是受到了佛法的感召，于是赶在临终前有气无力地说了句，他要"舍宅为寺"。说完，他就咽气了。

允祥是康熙皇帝的十三子，生前曾为朝廷立下了汗马功劳，为了表述他的功勋，雍正爷特意为他的谥号取了一个"贤"字。

在四年以后，那十王府经过细致改造，果真变成了寺庙。至于给这个寺庙取什么名字，雍正皇帝认为，既然王爷谥号是"贤"，那这寺庙的名字，也总得有个"贤"。他想了想，于是灵感大发，挥笔写下三个大字：

贤 良 寺

时光匆匆。一转眼，已是乾隆二十年。这一年，贤良寺被迁走了，新址定在一条狭长的小道旁。那地方叫作"冰碴胡同"。从此以后，这贤良寺就成了外省重臣进京朝见的住所了。

重建后的贤良寺规模缩小了很多，可它没了过去的排场，反而多了一丝雅致，离那皇家的贵气远了一分，却又离那人间的苍凉更近了一寸。

地方的重臣匆匆而来又匆匆而去，有的面带愁容，有的满腹牢骚。就在这来来去去之间，一年又一年，时间不知不觉地，已来到了公元1900年，就是雍正皇帝为贤良寺题名的第一百六十六年，也就是自乾隆朝搬迁以来的第一百四十五年。

这一年，北京城下了一场猛烈的暴雨。在暴雨过后，整座城市都仿佛陷入了一阵死寂。然后，寒风袭来，清扫着满地的狼藉。冷酷的严冬，正用它特有的残忍，追杀着大地的余温。

就在这冷冷的北京城，就在这一片死寂的严冬中，一位步履蹒跚的老人，拄着拐杖，在随从的搀扶下故地重游。就这样，他迈着苍老的步子，缓缓出现在了冰碴胡同的正中央。

一位士兵拦住了他的去路。老人停了下来。在这久违的胡同里，那复杂的思绪一股脑儿涌上心头。寒风吹过，太多往事，就这么随风散去了。

老人停下苦笑了一声。

此时此地，有谁还会在意老人年轻时的模样？又有谁还会透过这张满是皱纹的老脸，勾勒出一副棱角分明的面庞呢？

谁还记得，在很多很多年以前，在那一年，他不过二十一岁。温和的阳光，照射在他头顶，古朴的微风撩动着他的衣角。北京城的模样，在远方是若隐若现，大好的前途，在脚下缓缓铺开。面对此情此景，他登高望远，挥毫泼墨，留下那么几行意气风发的诗句：

丈夫只手把吴钩，意气高于百尺楼。

一万年来谁著史，三千里外欲封侯！

他用颤抖的手，在口袋深处摸索一阵，最后缓缓地掏出一块手帕。而后，他把手帕捂在嘴上，狠狠地咳嗽起来。

面对这老态龙钟的躯壳，谁还能够想起那曾经的自己？

一旁的随从用健壮的胳膊，轻轻地拍打着老人的后背。随后，老人将目光瞧向别处，奋力地冲着他摆了摆手。

随从冲老人连回了两声"哎"后才抬起头来，冲着那士兵用力瞪了一眼，缓缓地说："这位是李中堂，李鸿章大人。"

往事如烟，一切都只剩回忆、回忆……

# 第一章　惊

The End
A Start

一

李中堂的回忆，是从1891年的一个夏天开始的。

在那天，他终于忍不住发起了牢骚。站在他一旁听他牢骚的，是他的下属，就是直隶按察使周馥。那时候，李鸿章还是直隶总督兼北洋大臣。

周馥还记得，当自己进门的时候，中堂正在自顾自地吸烟，过了好一会儿，才终于意识到他的存在。中堂大人沉着脸，吞云吐雾了一阵，才长叹一声，丧气地说：

"当初多亏有那醇王的支持，我北洋水师才有了如今这长足的发展。这一转眼，醇王也走了一年多了。三年以前，醇王为表一片赤心，提议为太后修缮颐和园，以供她老人家归政之后，能有个颐养天年的去处，还令我各地筹得巨款数百万两，本金注入银行，以利息支付颐和园修缮之用。醇王曾对我说，等修好了园子，朝廷必将全力支持我北洋水师。而今，这园子修好了，可醇王却早早地去了。"

李鸿章瞟了周馥一眼，又缓缓地抽了口烟。他的叹息声穿透了烟雾。

"可叹那醇王走后，朝廷之中，就再也没有支持咱们的人了。如今，我北洋水师正式成军不过三年，越来越多的难题却接踵而至。当年我正筹办水师的时候，咱们的朝廷里，那些个老顽固就对我嗤之以鼻，认为这水师花费过多，却没什么实际用途。如今我水师威震中外，有着"东亚第一"的美誉，却又有人说，这是我李鸿章一人之水师，非我大清国之水师。总之，这也不对，那也不对，玉山啊，我真怕这为朝廷镇宅的利器就这么难以为继咯！"

周馥愣了一下，小心翼翼地问：

"听中堂这么一说，难道我北洋水师遇上麻烦了？"

李中堂咳嗽了两声，看着他点了点头。周馥带着满脸疑惑，倾着脑袋追问道：

"中堂前几天不是才得到皇上的褒奖吗？卑职记得，皇上曾经称赞您尽心尽责、渐臻周密。还说北洋水师的技艺均属纯熟。这可都是皇上说的呀！"

"玉山呀！你有所不知。"李鸿章清了清嗓子，将烟嘴拿离嘴巴，"北洋水师乃国之利器，皇上自是有所耳闻的。可是皇上尚且年轻，很多事，还是喜欢听一听朝臣的意见，但我怕这朝中人多口杂，难免会有人混淆视听。来！你看看这个。"

说着，他将一封书信摆放在周馥面前。

周馥接过信，还没来得及阅读上面的内容，中堂的声音便又在耳畔响了起来。

"这是户部草拟的'筹饷办法折'，你看看折子上的内容。折子上说，要让我北洋两年之内，停止购买洋枪洋炮，还有船只和机器。"

周馥愣了一下。他仔细阅读着折子。工整的字迹中，他看到"海疆无事，国库空虚"八个字。随后，李中堂便清了清嗓子，咬着牙抱怨起来：

"好一个海疆无事，"他又一次将烟嘴含在口里，直起身子，吞云吐雾，"我北洋水师成军至今，初露端倪，正欲蓬勃发展。前日接到山东巡抚张曜来电，电报上说，他'抚东五年，沿海炮台尚未修备'。再看我水师，虽在欧洲购买了'定远''镇远''济远'等铁甲舰，乍看上去，颇有规模，但若比照外国海军，其数量与种类，竟不成一队。山东沿海炮台，乃我大清第一重门户，北洋之师，乃我大清镇国之利器，他倒好，用一句海疆无事，就想搪塞过去。我大清正遭遇着三千年未有之大变局。朝廷如果真不允我购置外国坚船利炮，那无事则已，一旦有事，恐怕又得是灭顶之灾啊！"

屋子里的气氛忽然变得愈发凝重了。过了好一会儿，周馥才若有所思地说：

"依中堂之见，这封户部的奏折，会是谁的意思？"

李中堂停住了。半晌过后，他没好气地哼哼了一声，然后露出鄙夷的目光，嘟囔着说：

"除了那个老朽，还有谁能左右得了皇上？"

周馥咽了口唾沫，小心翼翼地问：

"中堂大人说的可是……户部尚书翁同龢？"

二

醇亲王奕譞，是道光皇帝的第七个儿子，咸丰皇帝同父异母的弟弟，也是正坐在紫禁城里的光绪皇帝的亲生父亲。他的儿子是在四岁的时候被抱进宫，做起皇帝来的。

孩子被抱走的时候，王府里上上下下的人都在相互庆贺，一直到那宫里的太监渐行渐远，最后连背影也看不见的时候，他突然像个孩子似的号啕大哭起来，那声音震耳欲聋，听上去甚至有些吓人。

人们愣住了。上上下下的主人和仆人都不明白：他的儿子马上就要当皇上了，天下都快是他们家的了，他本该高兴才对，却为何哭得这般撕心裂肺？恐怕那时候一定有人会在心里暗自嘀咕着，说这个人是怪人。

哭过之后，天黑了，上上下下的人全都散去了，甚至连风也停了，云也淡了。醇亲王却独自一人来回踱起了步。他倒吸一口凉气，望着皎洁的月光，渐渐地平复了心情。

夜深了，夜散了。醇亲王就这么着沉思了一夜，等到天边露出了鱼肚白，他才终于停下来，自言自语地念叨了声，路还长着呢！

冰冻三尺，非一日之寒。醇亲王知道，那时候的大清，已经在走下坡路了。道光二十年，也就是1840年，中国人历史上第一次遭到了西洋白种人的羞辱。

那一年，英国人为倾销鸦片，用坚船利炮轰开了中国的国门，长驱直入，轻而易举地便从广东北上，直奔北京。面对敌人的侵犯，沿途的防御工事竟然形同虚设。很快，洋人抵达了北方重镇，就是天津的大沽炮台。

原本态度强硬的皇帝，这时居然吓坏了，连忙派人以礼相待，试图劝其暂退广州，一切事宜，好说好商量。为了能尽早促使敌人远离北方，他还主动退了一步，将一位积极主战的大臣发配到了新疆伊犁。

这位大臣便是林则徐。

之所以如此，是因为他曾经在广东虎门烧掉了英国商人准备销往内地的数万箱鸦片，从此成了洋鬼子的眼中钉。

对林则徐而言，这是他人生的转折。在寒冷的夜色中，他的思绪飞向了远方。他颤抖的手，在一封书信中写写画画，全文都是在回忆这场奇怪的战争。

文中，有他严肃地写下的"岳、韩束手"四个字。那意思是说，他当初的决策是欠考虑的，因为面对这个敌人的船坚炮利，即使是岳飞、韩世忠来了，也只能束手无策。

对于朝廷的决定，英国人感到满意。回到广州以后，他们和清廷派来的官员继续谈判。可是谈了几个月，这帮入侵者实在有点等不及了。

他们的将领认为，中国人是谈判桌上难缠的对手，既然如此，倒不如用大炮说话。于是，又过了几个月，他们再度起兵，卷土重来。就这样，三下两下，又占领了南京。

1842年，中国人在英国大炮的威胁下，只好在南京签订了丧权辱国的不平等条约，即《南京条约》。次年，又补充签订了更加屈辱的《五口通商章程》和《虎门条约》。

那是中国历史上从未有过的耻辱！

条约规定，英国人可以在中国的领土上享有最惠国待遇、领事裁判权、内河航行权、五口通商权、关税权，中国人还不得不把香港这个地方拱手让给对方。除此之外，还必须赔偿入侵者大量的白银，用以弥补其发动战争的支出。

这就是鸦片战争。

这场战争不但使清廷因赔款而直接付出了巨大的代价，而且还使鸦片畅行无阻地进入中国，用于消磨中国人的意志，破坏日常的生产。

大量的白银因此外流，财富急速减少，再加上官员的利己与腐败、洋人的蛮横，以及不合时宜的灾害，底层百姓在贫穷和饥饿里硬撑了十年后，终于再也撑不下去了。

1851年，在广西桂平县一个叫作"金田"的地方，有人造反了，这是清朝以来爆发的规模最大的农民起义，即太平天国起义。

这是清政府在鸦片战争以后所面临的第一个难题。

起义军很快就席卷了全国各地，他们在农民领袖洪秀全的领导下，拿起武器，遍地开花，队伍越来越壮大。这场起义有一个鲜明的特点，那就是在洋人传教士的影响下，他们不再信奉东方的神，而是以西方基督教为其信仰。在对美好生活的渴求和对"天国理想"的信仰中，士兵们前赴后继，不畏牺牲，勇敢战斗！

为镇压这场大革命，朝廷花费了巨额的资金，动用了一切力量，前后共用了十三年，才终于勉强见到了效果。可是，祸不单行，内乱还没结束的时候，外患却又再度袭来。

鸦片战争之后的第十六年，面对腐败无能的清政府，英国人不满足于先前的利益，在中国的领海上故意制造事端，挑起了新一轮的战争。除此之外，他们还纠集了法国人、俄国人、美国人，左右开弓，一唱一和，然后迈着不可一世的步伐，朝着清廷的心脏——北京进发了。

那已经是咸丰一朝的事情了。他天生就体弱多病。但他从先帝手中接来的摊子比前朝更羸弱，比过去更腐败。几场御前会议下来，依满朝文武的意思，面对这内忧外患，除了议和，似乎也实在是别无他法。

于是，咸丰皇帝只好再次派出大臣，对那洋人好言相劝，以礼相待。就这样，到了第二年，在洋人的胁迫下，清朝政府又只好允诺了更多的赔款，交出了更多的主权，签订了比《南京条约》更加苛刻、更加不平等的新条约，这就是《天津条约》。

可是这根本不算完。不论你赔了多少银子，签了多少条约，这洋人的胃口，都还是得不到满足。每一次掠夺过后，他们都只会想着更多的银子，签订更多的条约，填补更大的欲望。

就这样，又过了一年，借着换约的机会，英法军队北上入京，却在逼近天津的时候，故意违背约定，执意要在不被授权的地方登陆，结果和那里的守军发生了冲突。冲突很快又升级成了战争。

只是这一次，英法军队并没有占到什么便宜，双方交火后，守军奋勇还击。在损失了四艘舰船的情况下，英法军队匆匆退出了战场。守军终于凭借着手中原始的炮台，勉强打败了敌人。

可是，战士们并不知道，更大的麻烦就要来了。

1860年，英法联军第三次卷土重来。这是他们最为酣畅淋漓的一次北上，也是最为贪婪的一次。他们目的明确、态度坚决，他们唯一的目标，就是打到北京，洗劫那儿所有的财富，逼迫清朝的统治者签订更加屈辱的条约。

中国军队在西方人先进武器的打击下，一路节节败退，很快就被打得七零八落。眼看着敌人就要打到家门口了，北京城内人心惶惶。咸丰皇帝御敌无法，在慌乱中，只好有气无力地对后宫和大臣们说了声：

"逃吧！"

一支庞大的队伍很快就被集结起来。人们都知道，这是一场彻头彻尾的逃命。他们的目的地是清朝皇帝位于热河的行宫。可是"天朝上国"的自尊还在，"天朝上国"的皇帝在对外的时候，不允许把它叫作"逃跑"，而要叫作"巡狩"。这些皇家贵胄们硬是将一场狼狈的逃窜强加上一种悠闲自得的境界。

咸丰皇帝前脚走，英法联军后脚来。匆忙逃跑的队伍不可能带走宫中所有的妃嫔，据说因为害怕洋鬼子，她们全都自杀了。洋人顺着皇帝的足迹追了过去，好在皇帝的车驾终归是先行一步，英法联军总算还是被甩在后面了。

可是，他们还是带着那满心的贪欲追呀追。就这样，他们一路追到了北京城西北近郊的一个地方。然后，突然间，冲在前面的士兵全都愣住了。后面的长官不耐烦地跑上前去，质问他的士兵，怎么不追了。

只见一名士兵大张着眼睛，一只手指着前方，嘴巴里支支吾吾地半天说不出话来。长官还以为他被什么东西吓坏了，骂了一句："蠢猪，有什么好怕的！"

他或许还在士兵脑袋上拍了一下。可是，士兵依然指着眼前的东西，脸上还是一副目瞪口呆的样子。于是，长官哼哼了一声，一边嘴里骂着"没出息的东西"，一边顺着士兵所指的方向，转过了身子。但是，就在刹那间，长官也瞪大了眼睛，变成了"蠢猪"。

英法联军追了这么久，满脑子都在想着签约、割地的问题，可当他们来到这里时，这问题却在顷刻间被抛在了脑后。因为在那一秒钟，一处人类世界中最绚烂、最夺目的美景正呈现在他们面前。

一座富丽堂皇又不乏精致，不知从哪儿延伸而来，也不知终将发展向何方的皇家大花园，就这么平铺着，闯入了他们的视线。他们愣住了。那个长官和那士兵一样，也在刹那间呆头呆脑地愣住了。

那个地方，叫作圆明园。

圆明园的奢华程度，远非英法士兵所能想象。这座大花园从清朝建立之初便开始修建，修过了康熙爷开疆、雍正爷改革、乾隆爷坐享太平的"康乾盛世"，园子里更有一百五十多处形态各异的风景，不论是东方的，还是西方的，目所能及之处应有尽有，却又毫不显得凌乱。

西方传教士也曾受邀来到这里，为园林的设计付出了不少心血。在真金白银的打磨下，园子越扩越大，一直发展到占地数千亩，方圆二十里，全国各地的金银珠宝，外国友人的珍奇玩物，行云流水的书法、绘画，会唱歌的闹钟，中国的佛像、外国的天使像……种类繁多，数不胜数，无不收藏于此，一共汇集了约一百五十万件。

西方的传教士，管它叫作"万园之园"。

圆明园外，从震惊中苏醒过来的英法军队兴奋了，忘乎所以了。他们一脚踹开了门，冲这万园之园，在这见所未见的绚烂中，开始了一场惊世骇俗的大抢劫。

他们抢走了金银，撕烂了古书，打碎了所有的镜子，砸碎了每一尊雕塑。总之，他们抢疯了。他们带走了所有能够带走的东西，抢到最后，甚至他们自己也相互间抢劫起来。

他们破坏了所有带不走的东西，一会儿用国画点烟，一会儿用铜像练拳，胡闹到最后，他们闹够了、抢累了，满载着一身足以发家致富的金银珠宝，大摇大摆地走出宫苑，一副心满意足的样子。

可是，英国的军官认为，这么发了场财还不够。这不足以惩罚中国人对其军队所犯下的"罪行"。他冲着士兵针对这个问题发表了一通演说。先前被他拍了下脑袋的士兵连声附和。接着，所有人也都跟着附和起来。

法国人一开始并不同意，但随后也被英国佬调动了情绪。就这样，演说结束了，士兵们一致同意了英国人的建议，在一场穷凶极恶的抢劫之后，在如何惩罚中国人的问题上最终达成了一致。在一阵欢呼过后，他们放火焚烧了圆明园。

1860年10月18日，北京城西北火光漫天。圆明园以及它周边的所有宫殿，都一齐在燃烧着。大火点燃了夜空，在微风中，火舌向两侧发展着、延伸着，一点一点，吞噬所有那些琼楼玉宇，所有那些雕栏玉砌，所有那些天朝上国的自尊与威严。

这场大火整整烧了三天三夜。

行宫里，渴望尊严的咸丰皇帝再也无法忍受了。他本就体弱多病的身躯抵挡不了从未有过的屈辱。他冲着四面大骂了一阵，面对他的震怒，文武大臣却迟迟不敢言语。终于，他体力不支了。一阵凌乱的咳嗽过后，他吐血了。他驾崩了。

咸丰皇帝死的时候，只有三十岁。那一年，清廷在遭受了烧杀劫掠的屈辱后，又被迫与洋鬼子签订了《北京条约》。这是清政府在《天津条约》的基础上，又承诺了更多的特权、更多的金钱、更多屈辱的不平等条约。

这场战争，被称作"第二次鸦片战争"。

然后，洋人撤退了，逃难的队伍回来了。在那密布了整个北京的恐慌过后，人们看到的，是满眼的灰烬和感伤。富丽堂皇的圆明园成了断壁残垣。

不只如此，火势还向更远的地方蔓延而去，把附近零零散散的园林一并吞了去。这其中，就包括一座修建于乾隆年间，景致格外独特的大花园——清漪园。

咸丰皇帝死了。《北京条约》签了。英法联军撤了。宫里的人都回来了。在这艰难的岁月里，六岁的同治皇帝登基了。他是咸丰皇帝唯一一个皇子，他的母亲是皇帝最为宠爱的懿贵妃。贵妃以外，咸丰皇帝早有了一位孝贞显皇后。

小皇帝登基，皇后升为太后，为表尊重，他的母亲也升级成了太后。于是，一时之间，宫里就出现了两个太后。一位住在东宫，称作东太后，他的母亲住在西宫，称作西太后。两位太后同时上了徽号：东太后称作"慈安"，西太后就称作"慈禧"。

大清入关多少年了，每朝每代都是这么过来的。先帝驾崩，继任之君扛起大梁，为了辅佐年幼的儿子，先帝为他委派了八位顾命大臣，一切安排妥当后，就等着历史的轮回了。

可就在这时，慈禧太后却突然对慈安太后说："一旦八大臣当起了政，你我的好日子，可就算到头了。"

慈安太后细一琢磨，这个女人说的确实在理。新主子当政，新朝新气象，老太后们退居二线，躲在深宫中养老，一直到寿终，过着寂寞的日子，这本身，也正是历史的轮回。于是，两个女人私下里谋划了一番，想出了一个争夺权力的办法。

公元1861年，就是中国的辛酉年。两位太后勾结先皇的亲弟弟，就是恭亲王奕䜣联手害死了前朝八位顾命大臣，从此垂帘听政，成了大清帝国幕后实际的掌权者。

又过了十几年，同治皇帝已经长大成人，眼看着亲政的日子一天天临近了，两位太后垂帘听政的岁月也越来越少了。但就在这时，他却突然莫名其妙地病倒了。没过多久，竟然还危及生命。

接着，同治皇帝便驾崩了。


"唉，这都是过去的事儿了。"想起这些，醇亲王自言自语了一声。此时此刻，他所清楚的是，慈禧太后之所以会抱走他的儿子，原因却并不单纯。清朝的时候，管亲王的妻子叫作"福晋"。这醇亲王的福晋，正是她慈禧太后的亲妹妹。但这显然只是西太后所考虑的一个因素。

另一个因素是，光绪皇帝被抱进宫时只有四岁，距离成年、距离亲政，都还有漫长的时间。醇亲王知道，这后一个因素，才是问题的关键。

大清朝已经在走下坡路了。在这样的岁月中，儿子突然成了皇帝，醇亲王一夜未能合眼。直到天亮的时候，他才想明白，身为皇帝的亲生父亲，有两个重要的问题，他必须好好地斟酌一番。

# 三

当周馥道出"翁同龢"三个字时，李鸿章停了一下，没好气地把烟锅翻转，在鞋底子上轻轻地敲了两下，而后又把那玩意儿随意摆放在一旁。

屋子里很静，窗外传来蛐蛐的叫声。两个人各自想着心事，周馥觉得，李中堂也许因为他所提起的那个人，而陷入了沉思，进而泛起更多更多的心事。

于是，两个人就这样一言不发，持续了好长一段时间。直到最后，李中堂终于重新端起了烟枪，重新点燃了烟丝，又重新把烟嘴送入了口中，贪婪地吸吮了几下，沉沉地说：

"我倒是越来越担心咱们东边儿那个邻居了。"

周馥愣了一下。

"中堂大人所指，可是咱们的'老朋友'日本？"

李鸿章冷冷地点了点头。周馥不知该怎样回应。中堂大人似乎也并不急于要他回应什么。两个人就这样把讲了一半的话停住了。然后，他们再次陷入了沉默。

窗外的蛐蛐还在热闹地叫着，反衬着屋子里凝重的气氛。在这凝重的气氛下，李鸿章想着心事，长长地叹了口气。周馥注视着他，也陷入沉思。


中国人在两次鸦片战争中，认识到了洋枪洋炮的厉害。后来朝廷勾结着洋人，又花了几年时间，这才彻底剿灭了太平天国。

战争虽是结束了，可留给整个国家的，是无尽的创伤与惊恐。放眼望去，满目疮痍。望着所有那些化作灰烬的财富与尊严，中国人开始了思考。

这究竟是为什么？这个国家、这个民族，究竟为何会在此时此地，遭遇如此这般创伤？在往后漫长的岁月里，它成了有识之士们不断探究的课题。于是，在这沿用了几千年的社会制度中，有人给出了自己的答案。

有一派学者开始领悟到，西洋之长，"一在战舰，二在火器，三在养兵、练兵之法。"在此基础上，他们进而提出，欲振兴中华，当"师夷长技以制夷"。这派学说中的代表人物叫作魏源。他的观点与他的一位友人如出一辙。这位友人，就是林则徐。

亲眼见识过洋人的厉害，两位友人认为，眼下之计，清廷当暂作妥协。表面上满足洋鬼子们的需求，等到尽数掌握"夷人之技"，壮大自我，而后再寻求反击。第一次鸦片战争后的1845年，道光皇帝重新启用了林则徐。从此之后，"师夷长技"的思潮，便逐渐在朝廷内部生长起来。

那几乎是这个民族自有史以来，第一次开始承认自身的落后。中国人对外忍气吞声，笑脸相陪；对内却眉头紧锁，寻求出路。到了1861年，"师夷长技"的思想，在朝廷中已经蓬勃发展，而最先想要把这个思想付诸实践的人物，正是咸丰皇帝的亲弟弟，就是恭亲王奕䜣。

这个人在朝中影响力颇大。随着他的号召，这思想竟由内而外，逐渐演变成了一场由官方牵头的运动。清廷开始认识到学习和引进西方先进装备的急切性和重要性，在这场运动中，"师夷长技"看上去终于要落实了。

这场运动，叫作"洋务运动"。


中国的洋务运动，就是在这样一片废墟之上开始的。周馥想起，李中堂大概是在同治九年，逐步成为这场运动的核心人物。那一年是1870年，他四十八岁。

没有一个中国老百姓，能够看得惯那高鼻梁、蓝眼睛的外国洋鬼子，在自己祖祖辈辈生活的土地上作威作福的模样。手持利器的洋人们以先进技术、信仰上帝和政治模式为指标，以此断定这延续了几千年的中华民族，在他们面前，根本算不上一个"文明"的国度。

可是这"不文明"国度的人，也永远都不会明白，人类的"文明"是从什么时候开始，变得热衷于压迫、热衷于抢劫了的？

人们的脸上充满了愤怒。

多年以前，法国传教士在洋枪洋炮的指引下，在天津要了块地，修了一座"望海楼天主堂"。天津这块土地，是在隋朝修建京杭大运河以后，开始逐步崛起的。

那时候，大运河的南北两段，与其海河相互交错，交汇成一个四通八达的"三岔河口"，历经唐、宋、金、元四朝的修筑。到了明朝，因明成祖朱棣渡河南下成功争夺帝位，从而以天子之尊，为其定名"天津"。而此时此刻，那望海楼天主堂，却正修建在这三岔河口的交汇点上。

李鸿章还记得，他生平第一次走上洋人的谈判桌，是因一场诡异的案件。那一年，天津城内发生了多起儿童失踪案。一时之间，人心惶惶。焦虑的情绪一夜遍布全城。

可是，当焦虑随着时间的流逝，最终转化为绝望的时候，一个多月过去了，百姓之间，又忽然生出一个谣言。有人说，他在望海楼天主堂亲眼所见，是外国修女绑架了失踪的孩童，用来作为某种西洋的药材。

正逢盛夏之日，教堂中疫病流行，育婴堂里的孩子身体虚弱，一个一个在与疾病的抗争中失去了生命。就在教堂将他们安葬的时候，在众目睽睽之下，那坊间的谣言与这眼前的现实，却似乎融为了一体。

于是，压抑着怒火的百姓终于爆发了。态度傲慢的法国领事冲着人群指手画脚，但随后，人们冲了上去，用拳头和砖块，狠狠地砸死了他。群众的脚步踏碎了教堂，他们疯狂了。他们喊着报仇的口号，见人便杀。

在这场骚动中，10名修女、2名神父、2名法国侨民、3名俄国侨民，甚至包括30多名中国信徒全都一并遭到了群众的处决。随后，也不知是谁喊了声什么，没过多久，他们点燃了火把。又没过多久，望海楼便被包裹在熊熊的火焰之中了。

接到消息后，法国人生气了。不出所料，他们又一次将军舰停靠在了天津。在洋鬼子的眼里，他们的炮火，足以压制中国人的怒火。他们要求清政府严惩暴民。

李鸿章想起，一面是百姓的暴怒，一面是洋人的威胁，在这内外交困的状况下，他的老师曾国藩被推向了前台。那时候曾国藩还是直隶总督，一个棘手的问题摆在他面前。

孤立地看，天津城的儿童失踪案，与洋人并无关系。可是，围绕在洋人四面八方的民怨、人们眼中的怒火，那蓄势待发的疯狂，所有这一切，在动荡的岁月里，又怎能被孤立在这教堂之外呢？

曾国藩在谈判中彻底失败了。他承认了调查的结果，又在法国人的要求下，决定处死20名杀人犯，并将另外25人发配边疆。法国人笑了。对他们而言，或者说，对这起案件而言，如此这般结果，还算是公正的。

可是，若人间真能讲得一个公正，这趾高气扬的洋鬼子是否还记得，当年英法联军冲入圆明园，烧了多少杰作，砸了多少珍奇，杀了多少宫女、太监，害了多少人命？若是人间果真能够讲个公正，这笔账，又该怎么算呢？

群众愤怒了。调查结果一经发布，耳畔的谩骂声，便淹没了曾国藩。几天之后，他成了全民声讨的卖国贼。在这炮火与怒火的夹击中，他终于撑不住了。他再也想不出什么折中的法子来。他彻彻底底地失败了。

李鸿章就是在这个时候挺身而出的。他对曾国藩说："面对洋人，最好的办法是用些'痞子腔'。"

曾国藩那时候只是苦笑着摆了摆手，质疑地问："这行得通吗？"

他却未置可否，大步走上前去，和洋人周旋起来。他先是尽可能地用经济赔偿替代偿命，结果竟将4名死刑犯人降成了缓刑。随后，明的来不了，他耍起了阴的。对付这帮强大的入侵者，他兴许只能耍点阴的。

他私下里派人用大牢中的死刑犯，悄悄换掉了暴乱的领袖。洋人分不清中国人的脸孔，于是他就这样，连蒙带骗的，骗过了洋人的炮火，熄灭了百姓的怒火。

李鸿章那时不免因此而自大。就这样，朝廷以其会与洋人打交道，让他替换了他的老师曾国藩，出任直隶总督兼北洋通商大臣，成了专门负责与洋人对话的官员。

上任一年以后，他的老师就在"卖国贼"的骂声中因病逝世了。他那时很难过。每当想起这个老人，他总是会暗自感谢对方的提携，当年他正是在老师的号召下，率领军队，与太平天国展开大战的。

在攻打上海的时候，曾国藩曾将一支洋枪队交在他手上。队伍的首领叫作华尔，是个美国逃犯，对人忠心耿耿，做起事情来一丝不苟。

这支洋枪队在战场上连克强敌，大放异彩。从那以后，李鸿章才算是真正见识到了西洋武器的厉害。他揉搓着眼睛，从心事中醒来。一个更加宽广的世界在他眼前展开了。

他见识了电报。几年以前，他便第一次见识过这种东西。那时候他曾断言，此物设施深埋于地下，横冲直撞，四通八达，地脉既绝。可当他果真领教了信息的畅通，他改变了态度。

在此后的日子里，他见识了电、织布机、火车、轮船，还有种种那些见所未见、闻所未闻的新奇事物。不，也许不止是新奇。洋人的工具，可以提高产量，可以朝发夕至，可以将一头的货物快速地运到遥远的另一头，可以不用人力，便将口信发送到远方。

眼前的种种，勾引着他的好奇心，却也催生着他内心的恐慌。自古以来，在任何一本史书中，在任何一个辉煌的年代里，他都不曾从字里行间，看到如此神奇的事物。他不由得感叹，世界就在这滚滚的浪潮中，发生着变化，朝着一个所有人都不曾理解的方向发展着、延伸着。

而在这变局中，他的国家落后了。他的民族落后了。


然而，面对变局，在根深蒂固的"自尊心"作用下，洋务运动却将朝中的大臣分裂成了两派。朝廷内部的顽固派依然对这世界的潮流嗤之以鼻。洋务派走在了前头，却因顽固派的存在，而迈不开脚步。

1881年，李鸿章认为，随着西洋采煤技术的引进，开平矿务局的运输能力已经达到了上限。于是，他上了一封奏折，要在唐山到胥各庄码头之间修一条铁路。他认为一个国家的强大，不得不首先仰仗这源源不断的资源和财富。可是，他的话，却没有人爱听。

顽固的大臣们认为这百害无一利。百姓们认为这铁路会破坏了自家的风水。他为此大费周章，好不容易说动了朝廷。终于又用他拿手的"痞子腔"，以修快车马路为名，瞒天过海，架设了铁路。

可是，铁路建成之日，朝廷却又急忙下旨，禁止他为火车装上车头，因为它的轰鸣声，将破坏大清的龙脉。

也许从那时起，洋务派中就已经有人认识到，这场发自官方的运动，最终也将只能是一个怪胎：车厢不允许配备火车头。

一番争论过后，李鸿章无可奈何地看到，几节笨重的铁盒子前面，居然拴上了马匹。马儿奋力地拉着火车，那画面，使他想到了自己。

在这时代的交汇点上，走在前面的李鸿章长长地叹了口气。他在一封奏折中，坦白地写下了自己的感悟。平铺在每个人面前的，不是简单的外族入侵，也不是简单的朝代轮转，而是一场"三千年未有之大变局"！

洋务运动看似风光，可这每一步，又是何等的艰难！当所有这些思绪在他脑中重现时，李中堂皱起了眉头。烟雾散去，他从思绪中醒来。窗外的蛐蛐还在热闹地叫着。他叹了口气，缓缓地打破了屋子里的沉默。

"玉山啊，你可知我们的近邻日本，数百年来，一直都在垂涎于我们脚下这块土地。"

周馥也从思绪中醒来，犹豫一阵过后，不解地问：

"卑职只知西方列强如虎如狼。日本那蕞尔小邦，一千年来并非什么强敌。在洋人眼中，也一直都是个东方弱国，与我一道为洋人所犯。中堂大人，不知您为何如此忧虑？"

李中堂停顿了一阵儿。他又一次将烟嘴送进嘴巴里。两个人又这样相对无言地坐了好长一段时间。

最后，他终于摇了摇头，用低沉的声音回答说：

"恐怕如今这个日本，已不再是当初那个贫瘠的蕞尔小邦了……"

# 四

日本这个小岛，总是充满了自我矛盾。

他们从唐太宗在位的公元630年开始，派出大批遣唐使，学习中国文化，成为中国的学生。却又在唐高宗在位的660年，突然出现在朝鲜半岛的战场上。朝鲜半岛当时并立着三个相互对峙的国家。那时候唐高宗正在派兵惩罚其中的百济国，理由是他们阻挠了新罗向大唐的朝贡。百济几近灭国。

就在这时，日本人来了。他们是来帮百济的。只不过，在那个时候，弱小的日本绝非大唐的对手。他们战败了。朝鲜半岛全境从此为大唐所控制。日本退了出去。从此以后，他们愈加谦虚地做起了学生。

就这样，又过去了八百年，又是朝鲜半岛，又是日本人。日本人经历了一场内乱，最后，一个叫作丰臣秀吉的人物站了出来，统一了国家。

可是，没过多久，国内的武士就以分封不均闹起了情绪。情绪越闹越大，但日本岛还是那么小。思来想去，丰臣秀吉认为，只有一个办法可以改变现状，那就是侵略！

他制定了两个目标：一个是征服朝鲜；一个是以朝鲜为跳板，进而征服中国。

那时是中国的明朝。突然自大起来的学生，在他们选定的第一块版图上，与他们昔日的老师进行了两番交手。最后，日本又一次战败了。学生依然还是学生，老师依然还是老师。

丰臣秀吉亲手制订的征服计划，最终也不过一纸空谈。他在连第一个目标都还没有达成的时候，就匪夷所思地病逝了。

这个自我矛盾的民族在过去的一段岁月中，始终处在"幕府统治"的机制下。幕府，其实就是军政府。军政府控制了国家，凌驾于天皇之上，颇有一种"挟天子以令诸侯"的态势。

这看上去本该是一种特殊时期的特殊制度，但在这个小岛上，如此这番"特殊"，却在六百八十多年的日子里占据了大多数时光。

丰臣秀吉死后，一个叫作德川家康的人物走上了历史的前台。他在江户重新组建了幕府机构，后人称之为"江户幕府"。江户，就是后来的东京。

从此以后，这个处在自我矛盾中的小岛，便迎来了历史的又一个阶段。

时光飞逝。弹指间，江户幕府已经在这个小岛上，统治了两百五十多年。

这一年是公元1853年，距离中国的鸦片战争，已过去了整整十三年。这一年，四艘黑船忽然出现在日本的海岸线上，船上装了六十三门大炮，在日本人的注视下，大摇大摆开入了港口。幕府的官员被眼前的庞然大物吓了一跳。

随后，一个高鼻梁的外国人走了下来。日本官员目瞪口呆地接见了他。来人说，他叫佩里，来自美国。他赠送给对方一台火车机车模型和一部电报机，进而阐明，他此番前来，目的只有一个，他认为，两国急需彼此建交、通商。

幕府慌了。在日本昔日的贸易往来中，只有中国人和一部分远道而来的荷兰人被准许与之通商。打开国门，在江户幕府看来，无疑是危险的。但停靠在港口的美舰几十门大炮，却使他们别无选择。

一年以后，幕府打开了国门。但很快，这消息传到了沙俄，于是俄国人的军舰也来了。消息又传到英国，接着，英国人的军舰也来了。就这样，在日本这个小岛上，幕府政权便被挤压在了列强的夹缝中。统治者害怕了。

祖法被打破，日本人失去了尊严，幕府的声望遭到了质疑。洋人进入日本，坚船利炮时常停靠于海港，幕府的统治愈加战战兢兢。

在忧虑中，他们认识到，自己的统治正在江河日下，眼下唯一的出路，只剩改革。于是，保守的幕府学起了西方。他们铸造大炮，购买军舰，设立海军学校，创办讲武所，想以加强国防力量，填补内心的恐惧。

1856年，英法联军打入了北京。一千多年以来，中国一直是日本人深表敬佩的老师。当老师惨败的消息传到日本时，幕府官员愈加陷入了惊慌。

于是，他们愈加讨好起洋人来。他们追加了通商口岸的数量，更大地满足了列强的胃口。他们破天荒地允许美国人在内地居住，且信仰自由，更破天荒地允许其享有治外法权。这意思是说，美国人在日本犯罪，必须交由美国人自己的法院进行审理，日本人无权过问。

对日本人而言，列强带去了无尽的屈辱。但在这屈辱中，却又激发了另一种活力。新型的商业模式和生产技术，在多个地区落地生根。几年过去了，日本人的家庭手工业蓬勃发展起来。为了提高效率，手工作坊中，出现了西方化的"雇佣工人制度"。商品经济在这与外族的一买一卖之间，竟空前繁荣起来。千百年来，靠地吃饭、靠天吃饭的自然经济体系，在这日益增长的生产力面前，逐渐走向了衰弱。商人逐渐成为社会生产的主角。

在社会的变革前，幕府统治者早已尽其所能地做出了让步。但此时此刻，他们已无从让步。商人阶级的发挥达到了一个全新的高度。这时，他们需要更大的买卖自由，需要更强的自主性，还需要统治者放弃其对某些货物的官方垄断权，从而将经济的发展，彻底交由市场主导。可是，一个封建阶级的统治者，如若再让一步，它的实际统治权，又将表现在哪里呢？

于是，在崛起的商人阶级，就是藩地诸侯、武士及新型商人的联手下，在外来屈辱和个人诉求的共同作用下，一场"尊王攘夷"的运动开始了。

这运动的口号，是要重新推起手无实权的天皇，在他的带领下，重塑日本国民的自信。事实上，所有这些人，在历经六百多年的幕府统治、两百五十多年的江户时代后，面对眼前的新时代，他们心里的目标格外清晰。他们想要变天了。

"尊王攘夷"，在乱哄哄的时代里，迅速发展成了一场"倒幕运动"。宫廷内斗与战争接踵而至，混乱中，幕府统治遭到了空前的瓦解。在他们苟延残喘的最后一段时光中，1867年，一位年轻的皇子继承了皇位，一年以后，整个国家在他的号令声中，向江户时代发起了最后的冲锋。

最终，天皇取得了胜利。铺天盖地的万岁声充斥在这个小岛上。他们仿佛在迷茫中看到了曙光。万岁声中，可以听到新天皇响亮的称号，那就是明治天皇。


在这个充满自我矛盾的小岛上，人们将权力重新交给了古老的统治者。古老的统治者，利用这权力，为他的国民，勾勒出一张从未有过的崭新蓝图。

1868年，就是中国第一次鸦片战争后的第二十八年、第二次鸦片战争后的第八年，历史上两番交手、两次败下阵来的学生，在天皇的号令下，开展了一场声势浩大的改革运动。

他们撤销了全国所有藩、道之间的关卡，解除了地主阶级对诸多商品独享的买卖特权，放开了一切有利于商品经济发展的自由。除此之外，还极大地减少了农民阶级的负担。

又过了两年，他们建立了工部省，以此来奖励工业的中心机构。接着，他们在中央政府的号召下，建造了国营模范工厂，招聘西方技术人员。

一时之间，炮兵工厂、炼钢厂、造船厂如雨后春笋般涌现出来。他们的财政极为困难，收入与支出几乎持平。但他们不惜冒险，大举外债，也要将西洋的技术充分引入国内，逐步建立属于自己的工业生产链。

就这样，他们着手建立了自己的纤维工业、化学工业，甚至制造业。在全民生产、全国向西学的大浪潮中，时间走到了1872年。

这一年，是同治十一年。在中国的天津，直隶总督兼北洋通商大臣李鸿章，正为他的所见所闻痛发着感慨。他终于领教了电、织布机、火车、轮船，还有种种那些西洋发明的厉害。直至十年之后，开山矿务局才在他的倡议之下，得到了一辆用马拉着跑的火车。

可这一切，此时都还没有发生，时间依然还停留在1872年。这一年，在明治天皇对变革的号召下，在这个做了上千年学生、两番惨败给老师的日本岛上，他们依靠举借外债，依靠着洋鬼子的帮忙，边学边做，自主修建了第一条铁路，有了第一列属于自己的火车。


窗外的蛐蛐依然热闹地叫着，屋子里的气氛却更加凝重了。李鸿章向空中狠狠地吐了口烟雾。烟雾中，眼前的一切，都愈加变得迷茫。

"倭寇的伎俩，玉山有所不知，早在前明时，这日本人自知不是他老师的对手，故而把目标转向了向我朝贡的琉球王国。琉球乃一弹丸之地，自然不是他的对手，但又不愿得罪我泱泱中华，最后只好夹在两强之间，成了个'两属之地'。"李中堂狠狠地咳嗽了一声，"这一转眼就过去了几百年了，到我同治十一年时，倭人居然私自削之为藩。从此步步为营，算是又打上了我大清的主意。"

李鸿章又清了清嗓子，长长地叹了口气，皱着眉头继续说，语气比先前更加重了，"后来，后来，咳咳咳……"随后，他的咳嗽，又打断了他的话。

"中堂大人所指，可是——"周馥想了想，接过话头，压低声音继续问，"同治十三年倭寇入犯我台湾？"

同治十三年，是1874年。李鸿章直起身子，点了点头。那一年，一位琉球船员在台湾遇害，日本政府抓住此事大做文章，一番叫嚣过后，竟以三千士兵侵入台湾，声称要惩罚罪犯。

他想起，那一年，消息传来，清廷上下一片哗然。一千多年过去了，学生却依然做着掀翻老师的梦。李鸿章那时紧急调拨淮军六千七百人、大炮二十门，除此之外，两艘国产军舰也同时驶入海岸。

双方进行了几轮交战，最终清军以绝对优势，震慑了来犯的学生。但所有人都看到了，就在这短暂的交火中，在这三千来犯者面前，大清的军队，事实上是不堪一击的。

战争最终在英、法、美的调停下，以和平谈判解决。而此时此刻的中国，却早已是积贫积弱，再也强硬不起来了。在谈判桌上，清廷与日本签订了《中日北京专条》，中方确认了台湾罪犯杀害琉球船员的事件。但在文件中，琉球王国却被明文规定为"日本属国"。而且，清廷以赔款50万两白银的代价，才将日本军队从台湾岛请了出去。

日本以这样一场战争，强势地窃取了中国的属国琉球，几百年来偷鸡摸狗，逼迫其朝贡的强盗行径，于是变成了光明正大的"合法行为"。就这样，七年以后，"琉球"两个字不见了。它从此成了由大日本帝国直接管理的"冲绳县"……


"老师仍把自己当作老师，可这学生，怕是早就不再是你的学生了。日本上至天皇，下至百姓，全国上下积极学习西洋之法，寻找强国之路，如今这学生，却早已走在了我们的前头。"李鸿章摇着头，缓缓地说，"他们兴办实业，大炼钢铁，为了追上西方列强，甚至不惜改良人种以求进化。玉山啊！几百年来，这学生始终都在觊觎你我脚下这块土地，如今他们一天比一天更强。面对这样的对手，你说说看，我大清还有什么镇宅之宝吗？"

周馥思索了一阵，用低沉的声音回答说：

"依卑职所见，还是那四个字。"

李中堂划了根火柴，点燃了烟丝，又开始了吞云吐雾。烟雾中，他点了点头，表示赞同。而后，随着一阵咳嗽，他接过话头，用手指了指对方，淡淡地说：

"北洋水师。"

# 五

儿子做了皇帝，醇亲王的心里，始终惦记着两件事情。

1882年，法国军队入犯越南。中越两国唇齿相依。朝野上下一片哗然。朝中主战的声音日益高涨，在这呼声中，熟谙洋务的李鸿章，却犹豫不决。醇亲王知道，他是没有底气的。自洋鬼子用坚船利炮轰开了国门，中国人对于这个世界的认知，就彻底被打乱了。

处理洋务多年，李鸿章越是睁着眼睛看世界，就越是感到忐忑。当西方人的轮船、火车、铁路、电报……一样接着一样，在他眼前平铺开来的时候，他的内心，是慌张的。

早在1871年，他就与他的老师曾国藩一起，向美国送去了一批中国留学生。他兴办实业，尊重西洋之法，利用一切机会了解西方。

据说，在他的身旁，甚至还常常围着几个洋幕僚。在朝臣们心中，李中堂是最为了解洋务与洋人的人，但在某种与日俱增的敬畏心下，他对西方人的认知，却又无形之中，被披上了某种神话的外衣。

当与法国一战的呼声在朝廷里高涨的时候，李鸿章是犹豫的，他害怕法国人。因为法国人曾轻而易举地打进北京城，火烧圆明园。也因为在欧美列强中，法国人的名头，并不比美国人小，也并不比英国人弱。

而放眼望去，法国之外，英国人、俄国人、美国人，甚至还有那做了一千年学生的日本人，此时此刻，都正在虎视眈眈地注视着中国这片土地。一旦再生战乱，总有些饿狼想要乘虚而入。

在朝臣的猛烈抨击下，一天，慈禧太后将他单独召进宫里，绷着脸，冷冷地问道：

"咱们的李中堂，怎么如今越来越胆小怕事了呢？"

李鸿章不置可否，只是一味地卑躬屈膝，表达着自己的虔诚。太后于是翻出两封奏折来，小声叫道"小李子——"而后，一旁的大太监李莲英便弯着腰接过了奏折，转身递给了李鸿章。

李鸿章接过奏折。还没等他翻阅，太后的声音便又响了起来。

"这是有人弹劾你哪！"她说话的时候，两眼瞧着别处，语气中带着一股特有的尖酸刻薄，还掺杂着些阴阳怪气，"折子里说的东西我都见怪不怪了，无非就是些个陈词滥调，什么李鸿章大敌当前，畏战不敢行，应当撤换啦，什么李鸿章与洋人相互勾结啦，"

说到这儿，她忽然把语速放慢，用强调的语气，冷冰冰地补充了一句，"什么李鸿章所率之军队，乃李鸿章一人之私家军队，非朝廷之军队啦……"说完，她将目光恶狠狠地落在对方脸上。

李鸿章吓了一跳。他从最后这句话中，听出了太后内心所隐藏的对自己的深层次担忧。他定了定神，倒吸了一口凉气，最后，才擦了把冷汗，用低沉的声音颤抖着说：

"臣即刻出兵。"

于是，一声号令过后，中国军队终于向中越边境开拔。一年以后，战争爆发了。那是一场中法之间的正面较量。战争初期，法国军队节节胜利，中国军队步步后撤。但在潮湿的空气中，入侵者并没有能力，将一场一场的小胜，转变为战略上的大胜。

就这样，战争断断续续地打了两年。到了1885年，中国军队突然发起反扑，一举冲破敌军防线，竟在镇南关一带大胜敌军。此战之后，彻底扭转了败局。

而与此同时，法国人忽然以军舰猛攻中国东南沿海，侵犯台湾，如入无人之境。中国军队在被动的状态下投入战斗，殊死抵抗。法国人的大炮炸碎一个又一个老旧的防御工事，但在不畏生死的守军面前，始终不能取得一场大胜。

经过一段漫长的拉锯战后，东南沿海一带的中国军队，也同样一点一点地扭转了败局。战争的拖沓，直接影响了法国的国内政治，前任内阁因此而倒台了。法国人打不动了。于是，战争竟开始朝着有利于清廷的一面倾斜了过来。胜利，仿佛即将来临。

可是，在胜利面前，李鸿章却又一次犹豫了。他又一次想起了法国的名气，想起了他们轻而易举地打进北京，火烧圆明园的过往，也又一次环顾四周，看到法国之外，英国人、俄国人、美国人，还有那做了一千年学生的日本人，此时此刻虎视眈眈的模样。这处理洋务的老手，在西方列强面前，又一次后退了。

于是，在胜利面前，他停止了战争，又一次走上了谈判桌。在耻辱的岁月中，这场谈判倒显得多了几分面子。凭借着战场上的优势，清政府没有赔款，也没有割地。只是那与中国唇亡齿寒的邻居越南，却从此沦为法国人的囊中之物。

法国军队被迫从台湾撤军，但沿海一带的防御工事，已在炮火中破烂不堪。李鸿章知道，这场胜利充满了侥幸因素。台湾岛虽是守住了，法国军舰横行于海面的身影，却深深地印在他的脑海中。

1885年，醇亲王奕譞四十五岁，他的儿子光绪皇帝，已经在龙椅上坐了整整十年。十年以来，他始终惦记着两件大事。而这两件大事中，首当其冲的，就是要在这江河日下的大清国，创建一支强大的国防力量。

当中法战争的炮火逐渐平息的时候，回想起法国军舰肆无忌惮的身影，他开始意识到，眼下，拥有一支强大的海军，才是这强军计划中最为重要的一步。他倡议成立海军衙门，直接领导海防建设。光绪皇帝同意了。慈禧太后也同意了。

就这样，在这大清国，海军终于成了一支独立的正式军种。醇亲王本人，就是这部门的总负责人。而在他的手下，具体负责操办海防建设的大臣，便是李鸿章。

1886年，李鸿章邀请醇亲王到他的地盘来看一看。于是，就在这一年，醇亲王亲眼见到了北洋水师。

# 六

人们还会记得，大清朝洋务运动的巅峰，是李鸿章。而多少年后，中堂大人自己也还记得，他李鸿章的巅峰，就是北洋水师。

1886年，醇亲王亲眼见到了这支庞大的舰队。

他望着眼前这些坚固的铁甲舰，脸上的表情充满了惊讶，也充满了喜悦。李鸿章有些得意地注视着他，嘴角微微上扬着。十多年来，大清朝的海防事业一拖再拖，如今终于见到了一点成果。他甚至有些自大地认为，这其中，他自己当居头功。

"还记得少荃当年和左宗棠，一个管海防，一个管塞防，为了一笔军费，争得不亦乐乎。"醇亲王望着那庞大的舰队，感慨着，"你们两个，都是曾国藩的学生，都是朝廷的栋梁，太后当时就犯了难。"

"王爷言重了，"李鸿章笑着说，"当年左宗棠向朝廷索要军费，那是为了收复西北的失地。和他比，我这一头儿，自然就算不了什么了。太后圣明，当时把军费批给了左宗棠，这才有了后来的'故土新归'。"

醇亲王点了点头：

"说来也是，当年左宗棠扛着棺材上前线，视死如归，也实在值得一番歌颂。只见大军一出，那沙俄鬼子支持的军阀是抱头鼠窜。后来，太后为了纪念西北那块失而复得的土地，才给它依着'故土新归'的意思，取名叫作新疆。"

他叹了口气，继续缓缓地说，"只是当年少荃也是颇有一番远见。那时倭寇犯我台湾，三千士兵竟可搅乱我大清部署，只可惜那时候朝廷无暇他顾，只给少荃批了少许经费，想来也真是不容易。"

李鸿章咧嘴笑了起来：

"不怕王爷笑话，我北洋当年受朝廷之恩，去西洋购买军舰，可财政严重紧缺，能买来的，不过是些英国人造的小型炮舰。这些炮舰在洋人那里，被叫作'蚊子船'。"

"蚊子船？"醇亲王笑了一声，"为什么不自己造呢？办了这么多年洋务，咱们虽然造不出大型的铁甲舰来，但那些个小船小炮的，我猜，咱们也还是能造的吧？"

"对于这蚊子船，王爷您当年也是见过的。"李鸿章补充说，"至于向洋人购买，王爷有所不知，我大清虽是办了几十年洋务，可是我大清的造船厂，时至今日，主要的工人都还是得依赖洋工洋匠，算下来，费用恐怕要比直接从西洋那里购买还要高许多。唉！归根结底，我大清缺乏像样的人才哟。当年我和我老师曾国藩一起，商量着送出一批留学生去，正是因为我大清人才不足所致。"

醇亲王沉默了。一阵海风袭来，他不禁长长地吸了口气。

李鸿章淡淡地笑了一声。望着那波光粼粼的海浪，过往的种种又一股脑儿涌上了心头。1882年，新疆大片土地已为左宗棠所收复，唯有沙皇俄国盘踞于伊犁一带不肯离去。为了解决争端，中俄就此进行了多次交涉，可蛮横的俄国人面对打了胜仗的中国，依然拒不让步。

谈判桌旁，双方陷入了持久的僵局。一场争端就这么拖了好长一段日子。终于，脾气暴躁的俄国佬再也无法忍耐了，竟一跃而起，拍着谈判桌大吼着说，他将派最大的铁甲舰横扫中国。话音一落，正想要奋起反击的中国人顿时愣住了。一时间，一阵冗长的沉默，淹没了整个会场。

电报传回到北京。慈禧太后吓坏了。听到这样的消息，大臣们也陷入了沉默。太后带着一脸迷茫扫视着群臣，可她看到的，却是一个个低着的脑袋和一张张阴沉的脸。

就在这个时候，李鸿章又站了出来。他清了清嗓子，郑重地对太后说：

"太后可知，沙俄如此嚣张，正是以其之所有，欺大清之所无。"

太后冲他点了点头，让他说下去。于是，利用这么一个特殊的机会，李中堂又一次向国家伸手要钱了。他当着满朝文武的面，把自己多年来身兼北洋通商大臣时所了解到的海防事务，一件一件地讲解了出来。

在外敌的威逼下，太后和大臣们似乎听进去了他的话。不久，太后批准了他的请求。于是，就在这外患不断的艰难岁月中，在这贫困的日子里，李中堂终于得到了勾画他脑海中那张宏伟蓝图的画笔。


一年过去了，两年过去了，三年过去了。此时此地，当醇亲王望着眼前这支规模浩大的北洋水师，将惊讶与喜悦写在脸上时，李鸿章露出了得意的表情。

"王爷您瞧，远处那两艘铁甲战列舰，是我北洋的'定远'号和'镇远'号。此二舰均系主力舰只，排水量可达七千余吨。这是我在两年前委派驻德国公使李凤苞订造。"

醇亲王情不自禁高呼了一个"好"字。

李鸿章停了一下，继续得意地介绍说，"那边儿两艘是我北洋的装甲防护巡洋舰'来远'号和'经远'号，也是德国人造的。"

醇亲王又喊了两个"好"字。李鸿章一一介绍着北洋的军舰。于是，"靖远"号、"致远"号、"超勇"号、"扬威"号……德国的船、英国的船，一时之间，一艘接着一艘，闯入醇亲王的视线。他或许并不懂什么军舰，可是望着眼前这一艘又一艘坚固而高大的家伙，恍惚间，迷失在某种幻觉中。

他甚至有些乐观地认为，这正在走下坡路的王朝，此时此刻，或许已经刹住了衰落的脚步。

"好！好！好！"

在这一刻，他似乎只能喊出这么一个字眼来。同时，对于眼前这位正在老去的李中堂，他的内心深处，却是充满了敬意。

是啊，大清朝洋务运动的巅峰，就是李鸿章。

而李鸿章的巅峰，也正是这北洋水师。

见识了这规模庞大的队伍，醇亲王有些自信地笑了。

李鸿章带着满脸的得意，也跟着笑了……

当所有这些记忆，全都在1891年那个夏天的夜晚，化作一团烟雾，飘散在眼前的时候，窗外的蛐蛐正热闹地叫着。屋子里，李中堂将烟枪扔在一旁，缓缓地说：

"如今面对学生，这做了一千年的老师，也就只剩下了北洋水师这块金字招牌。玉山啊，如今户部限我两年不可采购西洋装备，我真担心，我们这仅有的招牌，也要被摘下来啊……"

# 七

除去海防，身为皇帝的亲生父亲，醇亲王还惦记着另一件事。

一眨眼，时间已经是1888年。这一年，光绪皇帝十七岁了。英年早逝的同治皇帝就是在这个年龄完成了大婚，开始亲政的。

清朝皇帝亲政的年龄各不相同，但一般说来，入关后的第一位——顺治皇帝比较早一点，后来的雍正、嘉庆两帝，都是因先帝太过长寿了，一个四十多岁才掌权，一个三十多岁才登基。除此而外，若再无特殊情况，通常来说，亲政年龄都是在十四岁到十六岁左右，最晚不超过十八岁。因为这个年龄一般被认为心智已经成熟，具备了独立思考的能力，大婚之后，便可承担整个江山的重责。

同治皇帝本在十六岁便已有了大婚的条件，但他的婚期却迟迟定不下来，也就一直这么拖下去了。之所以会这么拖着，是因为站在他身后的两位皇太后，还有些权力分配的问题没有计较清楚。

同治皇帝是咸丰皇帝唯一的儿子，也是慈禧太后的亲生儿子。慈禧太后在儿子登基时，勾结着慈安太后和先皇的弟弟恭亲王奕䜣，杀掉了前朝留下来的八位顾命大臣。两位皇太后从此垂帘听政，慈禧认为，儿子听母亲的话，这本是天经地义。没了八大臣，朝中清净了很多，等到了同治皇帝亲政的时候，她手中的权力，也自然是溜不掉的。

皇帝渐渐长大了，在皇后的人选上，两宫太后各自为他推荐了一个。可是同治皇帝偏偏更喜欢慈安太后推荐的那位，结果，他把自己亲生母亲所推荐的那位富察氏，很寒碜地封了个"慧妃"。

慈禧太后因此而气急败坏。她认为自己的亲生儿"典学未成"，还不懂什么叫作孝顺，因此一直拖着婚期。但最终，谁都还是拖不过祖传下来的规矩。就这样，十八岁的时候，同治皇帝终于完成了大婚。可是他才亲政了一年左右的时间，就突然离奇地因病驾崩了。

那一年，中国的洋务运动正刚刚有了些起色。由李鸿章"官督商办"的第一家中国民营轮船公司，就是轮船招商局，在不久前的客运所得，竟已经打败英美合办的竞争对手。那一年，日本人望着台湾岛摩拳擦掌，法国士兵正逼迫着越南军民向他们屈服。

就在这样的岁月里，在那个不平静的下午，醇王府内忽然掀起了一阵热闹的声浪，然而在这热闹中，却平添了几分凄凉。一阵欢声笑语中，宫里的人接走了醇亲王年仅四岁的儿子，那就是光绪皇帝。

笑声过后，门又关上了，天更加暗了，风随之静了。然而，府内上上下下的主仆，却听到一家之主孩子般的痛哭声。窃窃私语中，有人泛着嘀咕：他的儿子当上了皇帝，天下都是他们家的了，他却哭得如此这般撕心裂肺。他真是个怪人！

在这大清国日益暗淡的岁月里，在这吵吵闹闹和窃窃私语的杂乱中，没有人能够理解他内心的隐忧。

醇亲王从那时起，就惦记着两件大事。身为皇帝的父亲，这第一件事，就是为这国家建立一支强大的国防力量。可是，一转眼，时间已来到1888年。这一年，光绪皇帝十七岁。十七岁的皇帝依然还没有熬到他正式亲政的日子。

醇亲王隐隐感觉到，当年发生在同治皇帝身上的悲剧，似乎也会原模原样地复制在他儿子的身上。早在光绪皇帝十一岁的时候，慈安太后也莫名其妙地去世了。皇宫里面静悄悄的，再没有什么人敢大声喧哗。而在这份死一般的寂静中，在这位年轻的略显生涩的皇帝背后，却始终站着那个总是绷着脸的可怕的女人。

在醇亲王心里，慈禧太后这个将实权紧紧握在自己手中的女人，就是他一直惦记着的第二件大事。

面对这个心狠手辣的女人，他丝毫不敢轻举妄动。想到和这样一个对手硬碰硬的结果，他不由得冷汗直流。但聪明的醇亲王，却也自有他的算盘。

于是，他带着一张笑脸毕恭毕敬地来到太后面前，用谦卑的声音小心翼翼地问："太后可还记得，昔日英法联军火烧圆明园，大火绵延三天三夜，方圆数十里一切尽毁，这其中就包括清漪园。"

此时此刻，为了表示他对太后的一片赤诚，他愿意将这清漪园重新修缮，更富诗意的设计、用更加精湛的工艺，重现它当初的风采。他用这样的方式提醒太后、软化太后，让这阴毒的女人在这一片美轮美奂中快乐地意识到，她是时候该归政了，而归政以后的生活，是游山玩水，安享晚年。

对于修园子的提议，太后很是满意。她微笑着点了点头。于是，这诗情画意的清漪园工程，便顺利开工了。

后来，有人为清漪园改了个名字。

那便是"颐和园"。

# 八

醇亲王去世一年以后，颐和园工程初步建成了。这一年，他的儿子光绪皇帝年满二十岁。而站在皇帝身后的女人，已经五十七岁了。发生在同治皇帝身上的悲剧，并没有再次发生。

这得益于醇亲王的精明，因为在儿子亲政以前，他曾主动站出来，向太后提议说，皇上还不够成熟，亲政以后，凡碰到大事，都还是需要太后亲自来点头的。

他这个提议，表面上是一种向太后权威做出妥协的表态。而他真正的心思，则是想等到颐和园落成，慈禧太后入住后，再将太后的日常生活与朝政分离。

这是他的如意算盘。面对这个可怕的对手，他必须小心翼翼。他认为，在颐和园的美景中，老去的慈禧太后一定会对干预政务失去兴趣。等到了那个时候，他儿子光绪皇帝乾纲独断的基础，才算是真的具备了。

可惜的是，颐和园落成的时候，醇亲王已经去世了。可是谁也不能否认他对这项工程所倾注的心血。1886年，当他望着雄壮的北洋水师连连喊出几个"好"字的时候，在他心里，这有关如何软化慈禧太后的构想，就隐隐间有了雏形。

就在他一口一个"好"字的呼喊中，全新的《北洋水师章程》正式颁布了。就这样，又过了两年，他在太后与皇上的授意下，带着一支二百人的团队视察了这支军队。

在旅顺港东侧的黄金山炮台上，他在李鸿章的指引下，极目远眺。只见八艘坚固的军舰驶过海面，朝着靶舰全力开火。于是，海天之际，水柱冲天。醇亲王用更加高亢的嗓音大声呼喊着那个"好"字。前来参观的大臣们，全都沸腾了。

在那一刻，所有人都恍惚间觉得，大清已不再是当年的大清，贫弱已不是他们的代名词。他们赋诗，拍手，高谈阔论。现场一片欢腾，一片赞叹。

就在这欢乐的气氛中，北洋水师正式宣布成军。依照章程，这样的阅兵，他们将每三年举行一次。典礼现场，李鸿章还邀请到了西方国家的公使与代表。

看到大清海军一夜之间的脱胎换骨，有位洋鬼子不无惊讶地评价说，如今这中国的水师，应该算得上是东亚第一、世界前十。就这样，你一言、我一语，在相互的吹捧与赞叹中，李鸿章爽朗地笑了起来。

他似乎更加确信：洋务运动的巅峰，就是他李鸿章；而他李鸿章的巅峰，就是这浩浩荡荡的北洋水师。

欢声笑语平息了。当一切都静下来的时候，醇亲王忽然生出一个念头来。看到如此强大的北洋水师，他认为，作为皇帝的生父，他所惦记的海防问题，或许已经可以放下了。对于军事，他或许懂，或许并不算太懂，但不论怎样，当他看到北洋水师凶猛的炮火时，他的心里是踏实的。

但他越是对这件事感到踏实，就越是会提心吊胆地想起另一件事。为太后修园子的费用，从开工起，就已经远远地超出了他的预算。木材的搬运，工匠的招聘，景点的建造……

整个工程好像从一开始，就陷入了深不可测的泥潭。这个时候的大清国，早已没有了康熙时代的发奋和雍正时代的清廉，修一座园子，购买木材的人贪污，检查木材的人贪污，就连推荐木材商的人也要贪污。

商人从"招标"成功，到把木材运进园子里，这中间必经层层剥削。他见人就得给钱，再见人还得给钱。为了保证自己的利润，他只得在木材的价格上大做文章。一加一大于二，二加二大于四，如此一算，这园子，根本就是天价。醇亲王的心里泛着愁，而在这美好的日子里，这愁，也渐渐爬上了脸。

"王爷有心事？"李鸿章看出了他的思绪。

"少荃啊，有件事，我不知当不当说。"

就这样，他们沉默地走了一阵。远处，浩浩荡荡的北洋水师，已经熄灭了炮火。白昼缓缓落幕，美丽的晚霞挂在天边，却使人不由得想要吟诵一句："夕阳无限好，只是近黄昏。"

沉默过后，醇亲王颤抖地对李鸿章说："少荃，救我！"

李鸿章惊讶地问："王爷何出此言？"

醇亲王清了清嗓子，压低了声音。接着，李鸿章愣住了。

醇亲王想要的，是海军衙门专项拨给北洋水师的钱。

# 九

是啊，慈禧太后五十七岁了。在这一年，她来到颐和园。典雅的亭台楼阁，波光粼粼的湖面，仿佛把她带回到那个记忆中的年代。鲜艳的色彩、精致的图画，太监们、宫女们，在油头粉面的妆饰下来来往往。

在鸟语花香的诗意中，大清国的衰落、街头巷尾的泥泞、百姓们的疾苦，在这一刻全都一扫而空。是啊，直面了那么多年的洋鬼子，她这才仿佛找到了一种身为皇太后的尊贵与威严。望着眼前的一切，她眉宇间露出了笑容，却又在这微笑中，冷冷地哼哼了一声："这才像话嘛！"

是啊，她五十七岁了。再过三年，她就要年满六十了。寻常人家的老太太，到了六十岁，都是要过大寿的。想到这些，她对颐和园的赞美，并不能弥补她的感伤。

伫足于此，感受着迎面袭来的微风，回想着记忆中那个属于过去的年代，她不禁又感慨万千。她知道，时光是捉不回来的。可是，身为大清国的一个皇太后，面对这即将到来的六十岁，她绝不能无动于衷。

游幸颐和园的时候，王公大臣们跟着她，太监总管李莲英也跟着她。她走一阵儿，停一阵儿，走走停停，最后终于回过头来，用一种毋庸置疑的口吻对所有那些跟着她缓步前行的人郑重宣布了她的想法：从现在起，是时候为她筹备一场寿宴了。

1891年6月，颐和园的主体工程基本完工了。当慈禧太后郑重宣布了为自己办寿的想法后，跟着她缓步前行的王公大臣们，却陷入了一阵沉默。是啊，太后已经快要六十了。寻常人家的老太太活到六十岁，家里人也要给她过个寿，更何况这大清国至尊无上的皇太后！

带着这样一种陈旧的观念沉默了一阵，许多人赞同了。他们认为，大清以孝而立国，太后的这个决定是十分合乎常理的。另一些人在他们的带动下，也渐渐点起了头。没过多久，或许是因为太后的威严，或许是真的发自内心，在场的王公大臣们，都一致认同了太后的决定。

但在这一片认同中，有一个人并没有点头。望着夕阳西下的美丽山河，他长长地叹了口气。他想要说什么，可在太后不容置疑的威严面前，他不得不欲言又止，把嘴边的话重新咽进了肚子。他的心里，放着一个算盘。对于这天底下的账目，他是有概念的。

此时此刻，他悄悄地计算着心底的那本账，可算来算去，也只能算出那么一个结果来。

那就是这大清国，已经没有钱了。

他又长叹了一声。可在群臣奉承和自我的贪婪中，慈禧太后并没有理会到什么。天边的晚霞美极了，落山的太阳闪烁着金光。在金色的晚霞中，他叹了口气，又叹了口气……

他的名字，叫翁同龢。


1891年6月，户部尚书翁同龢在一封《筹饷办法折》中提出，凡南洋北洋购买外洋枪炮、船只、机器者暂停两年。当李鸿章与他的下属直隶按察使周馥提及这一消息的时候，他按捺不住心中的怨气，狠狠地骂了声："老朽！"

可在这声"老朽"的背后，这个老人不曾看到的是，在京城的宅邸中，在时而明亮、时而昏暗的烛光之下，另一个老人，正满目愁容、反反复复地敲打着算盘。

大清国没有多少钱了。翁同龢带着满脸的无奈与苦闷，提笔写下：


内府不足，取之外府；外府不足，取之各路。
于是行省扫地尽矣。


书写完毕，他合上日记，推开算盘，抬头仰望。皎洁的月光下，他想起了北洋水师。

他知道，在这自强的道路上，拥有这样一支强大的军队是何等重要。户部管理着国家的日常支出，皇家土建向他要钱，太后过寿也得向他要钱，各地的设施建设、道路建设，大大小小，几乎所有的项目，都得向他户部要钱，可是面对这入不敷出的国家财政，他不论在算盘上怎样拨来拨去，都实在拨不出更多的钱了。

他长出了口气。月光下，他暗自思忖着。朝廷在1885年便已为海防事业单独建立海军衙门。一直以来，除去户部的拨款，北洋水师中的主要费用，均是来自海军衙门的专款。他就这样思考了一阵。他心里的算盘和手边的算盘又一次被拨弄了起来。就这样，思来想去，辗转腾挪。一阵"噼里啪啦"的敲打之后，他停了下来。

于是，就在这忽明忽暗的烛光中，他再次提起笔来，在奏折上工整地写下八个字：

海疆无事，国库空虚

当所有这些记忆，全都在1891年那个夏天的夜晚，化作一团烟雾，飘散在眼前的时候，窗外的蛐蛐正热闹地叫着。一年以前，醇亲王带着他的承诺去世了。颐和园修好了，可北洋水师的编队，却未添一舰，山东沿海的炮台仍未修备，大清国的第一重门户，依然裸露在外。

屋子里，李鸿章终于吐完了满心的怨言。一切都重新安静了下来。烟雾中，他的视线，无力地投向远方……

"我倒是越来越担心咱们东边儿那个邻居了。"

在这压抑的夜晚，他压低声音，缓缓地说。

# 十

1891年的夏天，李鸿章为军费而抱怨着，翁同龢因国库的空虚而叹息着，慈禧太后走过颐和园长长的走廊，望着波光粼粼的湖面，远眺重重叠叠的山峦，想到三年以后风风光光的六十大寿，她憧憬着。

一股浓烟在屋子里飘荡，窗外的蛐蛐依然热闹地叫着，这越发令人困惑的岁月，就在这浓烟中、这叫声中，毫不妥协地轮回着、轮回着。改朝换代，外族入侵，有些事一直在变，有些事却从未改变。三千年来，王侯将相来来去去，却永远无法撼动这尘世间的熙熙攘攘。

天变了，地却从不改变；形变了，意却从不改变。日出日落，白昼与黑夜亦不曾改变。就这样，所有那些抽象的、具象的过往和记忆，最终扭打在一起，搅拌成屋子里的这团烟雾，化作窗外一阵蛐蛐的叫声，最后又重新勾勒出李中堂的抱怨、翁师傅的叹息以及慈禧太后的憧憬时，那做了一千年学生的日本，却已经照着西方的模样，制定了一部宪法，又召开了几次国会。

国会上，各方代表唇枪舌剑，互不相让，彼此攻击之后，又将矛头对准了首相和内阁。于是，首相被免了，内阁倒台了。接着，新首相当选了，新内阁组建了。可没过多久，又是一番唇枪舌剑，又是一番唾液横飞，于是，新首相又被罢免了，新内阁又倒台了。

再然后，一年过去了，时间来到1892年，更新的首相又走了出来，更新的内阁又组建了起来。但这一次，当新首相冲着议员与公众露出微笑的时候，一切却突然静了下来。有人似乎隐隐意识到，在他的笑声中，仿佛裹藏着某种令人毛骨悚然的气息。

有人说，这位新首相很不简单。说他不简单，因为他如今贵族身份的起点，只是一个贫苦的农民家庭。他孩提时的生活单调又乏味，那时候的他，寄宿过寺院，当过侍童，学过杂役，却只有很少的闲暇时间可以读书识字，一步一步攀升到如此这般高位，那是一个艰难的历程。

但在这首相的心里，在这浩浩荡荡的历史长河中，有些事却要比那励志的故事更加艰难。

当美国人在坚船利炮的威胁下打开了日本的国门时，世世代代生活在这个小岛上的居民，于是丢失了两样东西：他们维持了六百年的生活方式，在这一刻受到了冲击；他们维持了千百年的尊严，在这一刻化作了灰烬。

就这样，在对方的威逼下，这个小岛上二百五十多年以来的统治者，只好屈辱地与这洋鬼子签订了不平等条约。于是，从那一刻起，面对这西方来的客人和这客人带来的几十门大炮，人们心生恐惧，却又在恐惧中，裹藏着愤怒。

商品经济因家庭作坊的一夜蓬勃而发展起来。自然经济衰落了，商人阶级崛起了。在这恐惧、愤怒、改变和屈辱共同搅拌而成的旋涡中，签订不平等条约的江户幕府，维护封建经济的江户幕府，对外软弱、对内强硬的江户幕府，就这样成了众矢之的。

于是，在历经六百多年的幕府统治、二百五十多年的江户时代后，一场"尊王攘夷"的运动开始了。

面对眼前的新时代，有人想要变天了。

那时候的未来首相，就是这千千万万人群中愤怒的一员。他曾在日本相州的边疆一带当过兵，也曾在幕府官方创办的炮术学校学习军事。他觉得，他自幼就是一个爱国者。

他还记得，1862年年底的一天，天气已经很冷了。那一年，他二十一岁，还是个热血青年。当美国人以大炮为要挟打开日本的国门后，英国人也来了，俄国人也来了。他们的使馆分散建立在不同的地方，插着耀武扬威的国旗，展现着自己的力量。

就在这耀武扬威的外国国旗下，二十一岁的他，在寒冷中，锯断了英国使馆外的木栅栏。接着，他冲着身后挥了挥手，只见黑暗中，十几个身影手持燃烧弹，鱼贯而入。他们扔出了燃烧弹。又在一阵乱哄哄的气氛下，成功地逃了出来，跑回了住所，举杯欢庆，仿佛正在过年。

一杯酒下肚，年轻的未来首相大呼一声："为'攘夷'成功而庆祝！"于是，在这份爱国情怀中，所有人都陷入了疯狂。

疯狂终究还是会过去。他想起，一年以后，在轰轰烈烈的"尊王攘夷"声中，他受到家乡长州藩的派遣，成为一名留学生。他被要求去看看西方的世界，而等待着他去探索的国度，正是英国。

他记得，他曾是痛恨英国的。作为一个渴望报效祖国的热血青年，那些入侵祖国领土、压迫祖国人民的外敌，他都是痛恨的。他相信日本人一定会想出办法，把这些敌人一个一个消灭干净，赶出自己的领地。但当他终于从东方的这个小岛，不远万里赶到西方的那个岛国的时候，他愣住了。

他记得，在那一刻，当火车、电报、蒸汽机，还有规模庞大的港口、绵延不绝的公路，那些他见所未见、闻所未闻的新鲜事物，一股脑儿全都涌入他的视线的时候，他久久说不出话来。

夜幕降临，当他在整洁的床铺上辗转反侧，好不容易进入梦乡的时候，他又一次重温了一年之前，自己锯断木栅栏，指挥着十几个热血青年扔出燃烧弹时的画面。没错，那是他的爱国情怀，他一直都拥有这份爱国心。他痛恨所有那些压迫祖国人民的洋鬼子，他相信在未来的某一天，他的祖国一定会狠狠教训对方。

可是，如今他醒了过来。当他来到大街上，又一次走过那平整的马路，目瞪口呆地审视着这个物质文明高度发达的世界后，他笑了。

那时的未来首相在笑，这时的首相也在笑。从那个血气方刚的年龄走来，他依然认为自己是个坚定的爱国者。可是，昔日那份盲目排外的"攘夷"思想，他再也不要了。

1863年，因为一场礼仪的纠纷，日本萨摩州与英国军队发生了激烈的炮战。一年以后，战争升级。他的老家也被卷了进去。英军纠集法国、美国、荷兰军队共同发起了炮战。首相还记得，那一年的炮弹，就落在长州藩一个叫作下关的地方。

长州藩战败了。等待他们的是更加屈辱的议和，更不平等的条约。紧接着，正在失去主导地位的江户幕府乘胜追击，在武力和利益的双重威逼下，迫使他们重新表达了归顺。

往事如烟。当时间重新回到1892年，当记忆与现实对接的时候，面对公众，这位新晋首相露出一脸微笑来。有人说，他不是一个简单的人，一阵自我审视过后，他默默地认同了这个说法。

从农民走到贵族，他书写了一段了不起的励志传奇。可是，在首相大人自己看来，一个人在成长中最为困难的事却并非这为生活而拼搏的艰辛。在他心里，有一件事，他比任何同僚都做得更好，做得更早，那就是观念的转变。

当他在西方的物质文明中反思昔日盲目"攘夷"的稚嫩时，他开始认识到，日本人落伍的兵器，绝不可能战胜那强大的蒸汽船和火炮。即便江户幕府极力向西方学习，诞生于自然经济条件下的老旧体制，在商品经济和工业生产的新兴事物中，也是不可能发挥更大的作用的。

带着自己的思考，他劝说长州藩藩主，与其空费财力与强敌抗争，不如向其学习，发展自我。只可惜，藩主并没有接受他的建议。

就这样，当长州藩最终以惨败结束了自己的"攘夷"战争时，他愈加坚定地放弃了"攘夷"的思想。他觉得，爱国的情怀并不难培养，但在这情怀中保持一份定力、一种以长远为目标的理性思维，却绝非易事。

1892年，当他带着微笑出现在公众面前时，他认为，他具备这种理性。

微笑中，裹藏着他的自信。他自信地认为，他的名字，将载入史册，永不暗淡。

他的名字，叫伊藤博文。

洋人带来了屈辱，屈辱带来了改变。在来自外敌的压力下，祖宗的尊严扫了地。在日益蓬勃的商品经济氛围中，封建的统治受到了抨击。就这样，在屈辱带来的愤怒和生产带来的矛盾共同形成的旋涡中，"尊王攘夷"的口号被高喊了起来，绵延了二百五十多年的江户幕府政权，正风雨飘摇。

1864年，长州藩在与英、法、美、荷的较量中惨败收场。在随后的议和谈判中，他们付出了更多的赔款，签订了更加屈辱的条约。随后，洋枪洋炮离开了，江户幕府却又卷土重来。双重的压力压在这藩国的头顶，气氛压抑极了。

在这压抑的气氛中，越来越多的有识之士开始了反思。"尊王攘夷"，他们在"攘夷"的过程中，耗尽了力量，最终却依然脆弱不堪。这一年，伊藤博文回国了。他带着自己在英国的所见所闻、所思所想，在这惨败之后的一片狼藉中强势发声。

一个真正足以与西方抗衡的国家，必须拥有繁荣的商品经济、发达的工业体系和一个强劲有力的统一政权。可是老旧的封建体系无法制造商品经济的繁荣，落后的社会体制无法促进工业体系的发展，割据在四处的藩镇势力，也绝不可能换来政权的统一与强大。伊藤博文认为，攘夷是最终的目的。但在攘夷之外，唯有推翻幕府统治，重塑天皇政权，才是所有问题的关键。

一年以后，再度归顺于江户幕府的长州藩叛乱了。一群下级武士夺取了政权。伊藤博文的身影，出现在这支队伍中。他们高举着"倒幕"的旗帜，在民众中掀起滔天巨浪。

又过了一年，江户幕府坐不住了。一场战争随即爆发。不得民心的敌人在两个月的进攻中处处受挫。在人们的激愤和抵触中，幕府政权以自己的失败，宣告了一个时代的彻底终结。

公众面前，已身为首相的伊藤博文，嘴角上挂着微笑。每当他回想起过往的种种，回想起日本帝国从衰落走向繁荣的曲折历程，他都会露出这番微笑。

1867年，大势已去的江户幕府终于敌不过历史的潮流，在朝廷的压力下，大将军德川庆喜主动提出要将"大政奉还"。于是，六百多年的幕府统治、二百五十多年的江户时代，就这样，随着日落的脚步，草草收场。

年轻的明治天皇被推向了前台，在人们的欢呼中，他郑重地宣布了幕府统治的终结。他组建了全新的政府，放开了一切有利于商品经济发展的自由，除此之外，他还建造了国营模范工厂。并不惜冒险，大举外债，将西洋的技术引入国内，逐步建立属于自己的工业生产体系。

浩浩荡荡的改革浪潮席卷了全国。新的秩序在萌生、在成长，老的秩序在枯萎、在毁灭。一切都太快了。上个时代的功臣，转瞬之间，竟成了新时代的枷锁。人们为了利益而变革，又为了维持这利益而阻碍变革。昨天是幕府失去了权威，今天，这新政府还要让藩国也失去权威。

伊藤博文认为，要建立一个统一强大的中央政权，"倒幕"是远远不够的。他建议朝廷进一步"削藩"，下令各藩献出领土，取消割据，直接听命于中央。于是，藩国没有了，藩国的户籍交给了国家，藩国中的武士，从此失去了地位。他们本受藩主雇佣，为藩主打仗，由藩主发放俸禄。如今，为了维护稳定，朝廷承担了这笔支出。

可是，改革依然在加速。1873年，一部《征兵令》彻底打碎了现有的平衡，三年义务兵役制使每一个人都成了战士，武士的作用，便不复存在了。因此，国家不再承担武士的俸禄。武士成了最为没落的阶层。

此前两年，国家曾出一令，严禁其佩带刀具。如此一来，一面是经济的窘困，一面是尊严的扫地。武士曾在"倒幕"的号召下揭竿而起，为这个国家创造了一片全新的天地，却又在这新时代里，失去了作为有功之臣的全部荣耀。他们在战争的热血之后流下了眼泪，又在眼泪之中，重燃着热血。

终于，他们的忍耐达到了极致。1877年，在萨摩州一位"倒幕"英雄西乡隆盛的带领下，他们爆发了疯狂的起义。

那是一场英雄之间的自相残杀。面对将自己扶上前台的勇士们，明治天皇毫不手软，坚决出击。经过一场场惨烈的战斗，他以五万士兵、十九艘军舰的强大军队，取得了最终的胜利。战败以后，最后的武士西乡隆盛用死亡维护了自己的尊严。在这时代的更迭中，却没有人为这昔日的英雄，流下痛苦的眼泪。

没有这样的牺牲，就没有如今的时代。想到这一切，伊藤博文依然笑着。有人说，他的笑容令人毛骨悚然。他冲着公众摆了摆手。变革的历程，饱含着血与泪的残忍。但在他的眼中，唯有踏过这血与泪的历程，才会看到美好的希望与远方。

# 十一

李鸿章依然为军费而抱怨着，翁同龢依然为财政而叹息着，慈禧太后憧憬着三年后风风光光的六十大寿。一年以后，在那个做了一千年学生的小岛上，新晋首相伊藤博文，正冲着公众，展露着微笑。他的微笑令人毛骨悚然。笑声，裹藏着他的自信，也诠释着他的梦想。

1890年，他们拥有了自己的宪法，召开了自己的国会，以天皇为核心，建立属于自己的宪政体系。幕府统治被推翻了，割据政权被平复了，他们亲手消灭了老旧的武士阶级，又亲手推起了明治维新的改革浪潮。

封建的束缚一个接着一个被消灭了，商人的利益被扩大了，商人的地位得到了确认，商人的积极性被充分释放。一家叫作三菱的航运公司在政府的扶持下崭露了头角，在竞争中打破了英美列强的垄断。

除此之外，物产会社、贸易公司、模范工厂也陆续崛起。那时的他们，并没有雄厚的资金，在明治政府第一期的岁出岁入表上，他们的收支只能勉强维持平衡。他们的税款少得可怜，政府九成的收入都不得不依赖于富豪的捐助或是举借的外债。但在这窘迫的条件下，他们宁可负债累累，也一定要引入西方先进的生产设备和生产理念。

他们借用英国人的资金和英国人的技术，修建了自己第一条铁路，而公务人员的开支却左支右绌。他们的债务越欠越多，到了1877年的时候，已突破两亿日元。那是这蕞尔小岛上的人们从未见过的天文数字。但这天文数字，并没有减缓他们改革的步伐。

早在1869年，他们就拥有了第一所属于自己的小学。一年以后，他们又拥有了第一所中学。随后，一支考察团从西洋回来了。又过了两年，在考察团的努力下，一种全新的教育体系被写成《学制》，在全国颁布。

明治天皇的野心，是要将整个国家划分为八个学区，每个学区设立一所大学、二所中学、二百四十所小学，如此算来，全国将拥有八所大学、二百五十六所中学和五万多所小学。所有这些学校的根本目的，就是要把西方的先进理念一五一十地传授给这国家的下一代。

在天皇看来，所有的商业繁荣、工业进步，都离不开教育。日本对西方列强先进技术的学习，都必须首先扎根于对其先进教育的学习。最终，在窘迫的财政掣肘下，这个计划并没有完全实现，但整个国家的教育资源，却因此而得到了长足的发展。

卢梭、边沁、达尔文、斯宾塞，那来自西方的文明，一股脑儿涌入了孩子们的视野，科学的思想一步一步扎根在他们的脑海，先进的文明从此不再陌生。而这教育的力量，就这样孕育着、生长着，一步一步地成为助力社会发展的原生动力。

这蕞尔小岛上的官员们，在高昂的负债中，依然努力勾勒着未来的蓝图。任何事物都不会孤立存在，国家的进步、经济的复苏，都势必要依赖一个健康、完整的社会生态。那时的他们，正努力这样做着。

1873年，日本人的债务没有消失，但政府的岁收入却已翻了一番，国内的税款增长了二十倍，这已足够应付整个国家的日常支出。1880年，对物质文明的渴望，对西方文明的理解，已愈加深入人心，对科学的认知，对先进事物的探究，在教育体系、经济体系、国家政策的相互促进下，形成了空前的规模。

在这一年，政府以超低的价格卖出了一批国有的模范工厂。于是，一股新的工业浪潮翻腾了起来。由私人创办的工厂和企业如雨后春笋般四面开花，五倍、十倍，数量直线飙升。

但是，在这突飞猛进的发展中，伊藤博文却皱起了眉头。因为他看到，这大发展的工业，将很快带来更加棘手和深远的社会矛盾。庞大的生产线制造出过量的产品，而在这弹丸之地的日本岛上，一种供过于求的全新危机正在日本本土悄悄地孕育着。

产品无处消耗，生产遭遇瓶颈。刚刚兴盛起来的工厂，随时都可能走进入不敷出的困境。人民的生活并没有得到充分的改善，没落的贵族并没有放弃重返辉煌的决心。于是，新的个人利益与阶级利益重新绑定在了一起，明治维新的变革浪潮中，又孕育了新的变革。

长江后浪推前浪。在明治天皇亲政后的第十三个年头里，整个国家又一次陷入了动荡。这一次，在新教育、新思想、新文明的影响下，一种更加理性的呼喊迸发了出来。

他们要建立国会。


1892年，伊藤博文带着微笑出现在公众面前。他的笑容中充满了自信。因为在他身后，一个迈向"文明"的国家，正在冉冉升起。两年以前，在他的主导下，他们拥有了属于自己的宪法，召开了属于自己的国会。

在这一切都未成形的时候，整个社会已经形成了两股势力。一股代表着士族与贫民，一股代表着知识分子和地主阶级。前一个强调主权在民。后一个强调虚君统治。一个要求更多的权力与自主，另一个则要把天皇安置在宪法的权威之下。

但伊藤博文谁也不赞同。因为在他看来，整个日本的社会生态，依然还在搭建之中，唯有以独立于各派别利益之外的天皇宏观布局，才能使这结构平稳而踏实。

于是，他提议镇压了前者，又分裂了后者。在他主导编撰的宪法中，天皇依然是凌驾于整个天下的至尊，所有的法案唯有皇帝的签名才可生效。就这样，在这宪法之下，国会召开了。他们罢免了新的内阁，又罢免了更新的内阁。接下来，在这历史的舞台上，终于轮到了他的登场。

突飞猛进的工业化进程，造成了大量的过剩产能。在这狭小的日本岛上，贫苦的人们依然贫苦着，并没有更多的变化。代表着不同阶级的人们，都在各自要求着自己的利益。整个国家的蛋糕，已经不够分了。

在人们的议论声中，伊藤博文自信地笑着。他有一个梦想。他知道，从农民到贵族，他的励志故事堪称一段传奇。回想起多少年来的奋进，回想起他为统一、进步、富强而做出的种种努力，回想起此时此刻，整个国家因他的存在而获得的丰硕成果，他在恍惚间不禁想起历史上的另一个人物，他就是大名鼎鼎的丰臣秀吉。他想起这个载入史册的人物，曾望着大海对岸的陆地，萌生的那个梦想。

民权运动、知识分子，这个集团、那个利益，他毫不在意。他认为，这狭小的世界不可能制造出大大的蛋糕。在他的左右下，天皇用一封诏书堵住了所有利益代表的嘴。而后，国会通过了伊藤博文内阁提出的议案。他觉得，这议案，正是他毕生所学、所做和付出交织而成的结晶。

在那一刻，膨胀的理想与现实的需求，一起浮现在他的嘴角。他不易察觉的冷笑中，勾勒出一丝令人毛骨悚然的气息。


一切都定格在1891年那个奇怪的夏天。窗外的蛐蛐依然热闹地叫着。凝重的气氛中，传来李鸿章焦虑的叹息声：

"我倒是越来越担心咱们东边儿那个邻居了。"

随后，一切又归于沉默。烟雾缭绕中，算盘前的翁同龢，依然无奈地摇着头；颐和园里的慈禧太后，依然憧憬着她风风光光的六十大寿。

# 十二

北洋水师成军后的第一个三年过去了。三年又三年，从蚊子船到铁甲舰，又到了阅兵的日子，又到了朝中大臣和外国公使并排坐在一起，掌声雷动、赋诗一首、高呼"东亚第一，世界前十"的日子。

李中堂登高望远，"定远""镇远"驶过海面，一声令下，浩浩荡荡的舰队万炮齐发。一年以前，醇亲王带着他的承诺去世了。李鸿章独自望着眼前的景象，意味深长地叹息着。夕阳西下，美丽的晚霞挂在天空。

在朝臣的吹捧中、外宾的奉承中，他又一次自大起来。望着自己倾注了毕生心血组建而成的强大舰队，他再次得意地想道：洋务运动的巅峰，就是他李鸿章；而他李鸿章的巅峰，就是这北洋水师。

吹捧过去了，奉承过去了，大臣们散了，外宾们也散了。晚霞中，李鸿章的面前，却只剩下一个毕恭毕敬的身影。他凝神望去，绚烂的夕阳中，一位日本公使彬彬有礼地向他鞠了一躬。一千年过去了。李鸿章知道，这做了一千年学生的邻居，如今却已大不相同。

记忆的画面凌乱了。1891年夏天，烟雾缭绕中，李中堂手持烟枪，眉头紧锁。窗外的蛐蛐依然热闹地叫着。屋子里的气氛愈加凝重了。这一年，北洋水师接到了来自日本的邀请。回想起在十九年前的那场战争中，日本军队以三千兵力悍然入侵中国台湾，面对清廷大军压境，毫无惧色的情形，李鸿章的心里，总是生出一阵忐忑。

正是从那时起，李鸿章才真正地意识到，在这三千年未有之变局中，这昔日的蕞尔小岛，竟已在混乱中，又一次生出了野心。

"正是因为当年日本人对我台湾的入犯，我才找准了机会，上书朝廷。"他一边说着，一边抽着烟，"这才有了我北洋水师的崛起。"

"中堂大人一直以来，都是办理洋务和军务的能手，这些事情，我们这些小辈，是万万做不来的。"周馥用敬佩的口吻说。

李鸿章若有所思地沉默了一阵，几分钟后，他才皱着眉头，缓缓地说：

"只是这么一转眼的，十九年过去了。怕是这十九年来，咱们这个敌人，已经今非昔比了。"他又抽了口烟，"玉山啊，对于日本人对我北洋水师的邀请，你怎么看？"

周馥思索了一阵，清了下嗓子，回答说："依卑职所见，如今北洋水师成军已有三年，从蚊子船到铁甲舰，和十九年前的北洋舰队，已不可同日而语。洋人称赞咱们'东亚第一'，若那倭寇果真对我有所图，必是要先对我北洋水师一探究竟。"

"说得没错。"

"哎呀，中堂，若果真如此，那咱们还去么？"

李鸿章抿了下嘴，清了下嗓子，两只眼睛盯着他，目光却仿佛瞧向了很远的远方：

"去，一定要去！"他说，"五年以前我北洋舰队曾到访过日本，那时候'定远''镇远'等几艘主力战舰，都还没有交付。如今我北洋水师之实力令西洋震惊，不怕他日本人窥探。我就是要让他好好瞧瞧，在我的家门口，他可别总想着生出什么歹心来。玉山啊！你要记住，此次出访日本，是一次必要的震慑。"

说着，他笑了。周馥也笑了。他不知在这漫长的19年里，在明治天皇的号令下，这个小小的国度究竟都做了什么。但西洋的公使在他耳畔说出那句"东亚第一，世界前十"的赞叹后，他相信，当这浩浩荡荡的队伍出现在海岸线时，做了一千年学生的日本人，一定会因此而收好野心，重新认清属于自己的位置。

北洋水师开动了。浩浩荡荡的队伍在海军提督丁汝昌的带领下，离开了军港。丁汝昌是李鸿章一手提拔起来的人物。这位海军提督本是太平天国运动中活跃的一分子，看到太平军大势已去，于是归顺了曾国藩的湘军，又转投李鸿章的淮军，南征北战，算得上是位勇猛的大将。

只不过后来朝廷决定裁军节饷，他恰好赶上了，从此解甲归田。李鸿章记得，丁汝昌重新投靠他的时候，是所有这些南征北战之后的事了。

那是1875年。李中堂想起，那一年，他观赏着摆在眼前的洋玩意儿，在接连不断的赞叹中，他已认识到中国所面临的"三千年未有之大变局"。他向前来投靠的丁汝昌私下里透露了一个消息。

他说，他正在酝酿着打造一支拥有先进装备的舰队。在先前海防与塞防的争夺中，境外军阀入犯西北边陲，朝廷于是将重心放在了塞防，左宗棠纵兵出击，横扫千军，打到现在这份儿上，已占据了上风。而这时日本人竟以三千士兵悍然入犯台湾，清军六千七百名士兵、二十门大炮、二艘国产战舰，竟被搅得乱成一锅粥。

他告诉丁汝昌，如今朝廷终于认识到了海防的重要性，他脑子里打造一支先进海军的设想，已经开始启动了。但有些事，他要求对方必须全力配合。"我要你利用一切机会，虚心学习海军。"他严肃地说。

对于李中堂的再造之恩，丁汝昌感激不尽，后来他就成了北洋海军提督。他还曾受命前往英国，接收战舰，也顺道参观了大英帝国的物质文明。他所看到的一切，都使他大开眼界。

回忆退去，望着渐渐远去的海岸，辽阔的大陆消失了，一个孤独的小岛，缓缓进入视线。五年前，他就曾率领舰队出访日本。时光荏苒，五年过去了。

五年后，当丁汝昌率领"定远""镇远""致远""靖远""经远""来远"六大主力军舰首先停靠在下关的时候，他还和日本派来的翻译调侃起来。

"贵国的'下关'，过去叫作'赤间关'，你们把'间'念成'马'，我们就直接写成了'马关'。看来你我两国虽是同文同种，却还是颇有一些不同。"

日本人冷笑了一声。

"是，不同。不同。"


舰队经下关，到神户，到横滨，日本海军的大员出现在港口。丁汝昌在日本海军参谋部部长井上良馨和海军省军务局局长伊东右亨的陪同下，参观了对方的战舰。

他记得，那战舰是"高千穗"号。那是一艘巡洋舰。和北洋水师比，那时的日本海军看上去依然还是弱不禁风的。丁汝昌点了点头，吹嘘了两句奉承话。回想起来，在这些地方的行程，并没有什么了不起的新鲜事令他印象深刻。

随后，他乘坐火车前往东京。李中堂的嗣子李经方，那时还是驻日公使。在他的陪同下，丁汝昌代表清廷，受到了最高规格的礼遇。他见到了明治天皇，随后，首相大人、宫内大臣、内务大臣、海军大臣、司法大臣、农商大臣……政府中的高官一个个出现在他面前。

在诸多高官的面孔中，有一张脸总是不自然地笑着。他觉得，这人的笑容有些冷冷的，猛然闯入视线，不禁感到毛骨悚然。那人就是伊藤博文。他当时还是枢密院的议长。冷冷地一笑过后，议长鞠了一躬，而后又冷冷地退回了队列。

丁汝昌是带着大清洋务运动最高的成果访问日本的。他亲眼看到了日本海军的单薄，于是一种自信，油然而生。只不过，他的访问还没有结束。

几年以后，当重新回想起这段奇妙的访日之旅时，他还是会惊讶于他所看到的一切，还是会为自己先前生出的那份自信默默地感到脸红。

而他的脸红，却成了李中堂一块挥之不去的心病。在丁汝昌后来的汇报中，那做了一千年学生的蕞尔小邦，隐隐间透露着一股杀气。江户时代创办的一个"横须贺制铁所"，经过了明治维新的折腾，如今竟已变成一个先进的造船厂。这是一个和中国江南造船局，福建船政同时起步的造船工厂。

丁汝昌记得，五年以前，这里的一切与中国并无不同。船坞内的技术人员多来自欧美强国。但如今，其规模已达三千人，一切工程全部交由日本工人自主处理，洋工程师已经全数裁撤。船厂内正在建造一艘4278吨级的巡洋舰，丁汝昌说，这艘舰已被命名为"桥立"号。

短短数年之间，这蕞尔小邦究竟是依靠什么样的方式，取得了如此这番长足的发展，他难以解释。但他仿佛认识到，北洋水师依靠巨资，向英、德两国购买的铁甲舰，虽说是帮助大清海军取得了优势，却也在隐隐间，暗藏着某种危机。

为了表示友好，也为了完成李中堂所交代的震慑对方的任务，丁汝昌在坚固的"定远"号铁甲舰上摆了一桌宴席。日本政府格外重视这次宴会，从朝廷到国会，重要的人物全都赶到了现场。

丁汝昌注意着每一个人的表情。因为对方的每一次惊讶，都是对他们信心的瓦解。最终，他得到了满意的结果，那就是所有前来赴宴的达官贵人，全都露出了目瞪口呆的神情。

宴会结束了，北洋水师回来了，靠岸了。晚霞又一次挂在天边，夕阳的余光染红了海面的波浪。一切都恢复了宁静。热闹过去了，喧嚣过去了，一场轰轰烈烈的高规格访问，就这样落下了帷幕。

而在海的另一边，告别了北洋水师，意犹未尽的日本议员们在返回东京的火车上议论了起来。议论声中，一位法制局局长打断了所有人的话，带着一丝忧虑，郑重地说：

"今日所见，中国竟已装备如此优势之舰队，定将雄飞东洋海面。反观我国，仅有三四艘三四千吨级巡洋舰，无法与之匹敌。同僚们，你我不该感到不安吗？"

他的话得到了所有人的赞同。


蛐蛐依然在热闹地叫着。烟雾缭绕中，李中堂长长地叹着气。


# 十三


强盗就在家门口。

7世纪时，它还是个学生。八百年后，它摇身一变，成了彻头彻尾的侵略者。只不过，那时的中国还是明朝。日本人的领袖丰臣秀吉，以其文治武功平定了内乱，于是便做起了荒谬绝伦的美梦。他亲手制订了以朝鲜为跳板，进而入侵中国大陆的庞大计划。只可惜，这计划最终连第一步都还没有完成，他的军队就在中朝联军的夹击下抱头鼠窜了。

明神宗万历皇帝用一纸严肃的诏书狠狠地羞辱了这个蕞尔之邦的野心家。他在诏书上用郑重的口吻封丰臣秀吉为"日本国王"。可在这自相矛盾的小岛上，这野心勃勃的领导人，心眼又很小。

他气急败坏地把诏书扔到地上，大喊大叫着说："我手握日本，欲王则王，何须髯虏之封哉！"髯，就是胡子。髯虏，就是日本人对中国人的蔑称。当了八百年的学生，看来他们只从老师那儿学到了些表面文章。

丰臣秀吉后来突然死了。有人说他是病死的，也有人说他是被下了毒。但不论怎样，在他死后，大军阀德川家康夺取了政权，在江户建立了军政府。这便是绵延了二百五十多年的江户幕府时代。

可是，时光匆匆而过，一转眼，幕府统治也被推翻了。在内忧外患的双重压力下，明治天皇携着来自六百多年前的古老权威，在这小小的岛屿上，推动了一场大大的变革。

为了学习西方先进文明，他们不惜大势举借外债，顶着濒临破产的财政，也要将完整的西方社会生态整个引入。随着时光的流逝，在全新的教育、工业、商业、贸易及所有领域的共同作用下，十几年后，他们已沿着欧美先进国家的足迹，来到了工业革命与产业革命的交叉口。

但与此同时，生产力的提高、市场的狭小、基础资金的薄弱，这些问题也同时在一夜之间降临到这个蕞尔小邦，成为达官贵人们不得不探讨的焦点话题。

缺资金，缺市场。当朝廷里的精英们谈论这个话题时，忽然有人意识到，他们所探讨的事，其实和二百五十多年前野心勃勃的丰臣秀吉所梦想的事，本质上是相通的。强盗的意识，总是会在强盗的世界里被完整地传承。

官员们眼前一亮。这时候，时间已是1887年。这一年，在产能过剩、资金不足、缺乏市场等西方世界永远无法绕过的难题前，一种久远的大陆情怀，重新浮现在他们眼前。

议论声中，一位来自参谋本部第一局的局长小川又次大佐提交了一份文件。起初，人们并没有注意到他的存在。但当他把文件摆放在桌上时，所有人都瞪大了眼睛。

那是一份内部文件，从它发布之日起，就一直被冠以最高机密的名头。高官之外，再没有人见过它。据说，它叫作《清国征讨方略》。那标志着，从这一刻起，做了一千年学生的日本，终于等到了这位处在世界之巅的老师走向衰落的日子。

文中大胆地设想，日本人可以赶在中国实现军队改革之前，在欧美各国尚无力全面远征东亚的时候，完成对华战争的作战准备。作战的目标，包括了吞并辽东半岛、胶东半岛、舟山群岛、澎湖列岛、台湾岛以及长江两岸十里左右的地方。

官员们愣住了。一年以前，北洋水师曾第一次访问过日本。那时的北洋水师，已经在向西方购买坚船利炮了。想到这些，他们不免有些紧张地面面相觑，最后，全都把目光落在了明治天皇的身上。

在他们的瞳孔中，天皇看到了期待、贪婪，还有梦想。征服的野心又回来了。强盗的情怀，又得到了传承。但在这野心和情怀彼此交织的时候，却又常常凝结成一种令人恐惧的团结。

明治天皇注视着自己的大臣，突然，用低沉的声音郑重宣布："即日起，朕欲从内库中拨款三十万日元，以资助海防建设。"

内库，就是皇宫的府库，是专属天皇本人的私有财产。大臣们你看看我，我看看你，最后用敬重的目光看着天皇："陛下此举，定将助我大日本帝国之海军成为一支强大的力量！"

当听到天皇陛下以私有财产资助国家海防建设时，许多人都哭了。随后，在这个小小的日本岛上，迅速掀起了一场捐款的热潮。半年以后，仅是富豪们捐款的数额，就高达103.8万日元。随着时间推移，这数目还在不断地上涨。

一年以后，两年以后，海军扩张案不断被推出，日本人的军费也不断在增长。在沉默中，中国人早已成为日本海军眼中的假想敌。1890年，他们拥有了自己的宪法，召开了自己的国会，国会上，面对反对派的咄咄逼人，首相依然坚持着扩张军费的主张。接着，他的内阁倒台了。

新的首相上任了。可新任首相同样坚持着扩张军费的理念。再然后，他的内阁也倒台了，更新的首相上任了。新首相带着一脸自信的微笑面对着公众，有人说，他的笑声令人毛骨悚然。

他就是伊藤博文。他有一个梦想。

时间已是1892年。他用诚恳的语调对议员们说，一年以前，他曾亲眼见识了清国北洋水师的六艘主力舰只。大清国军舰的总吨位，已超过日本一万余吨，他们唯有继续扩张军费，购买、制造大型军舰，才有可能缩短这个差距。

伊藤博文并没有等待议员的表态。为了达成扩军备战的目标，他转而建议天皇下诏，用不可置疑的权威，迫使国会让步。

然后，他成功了。

时光匆匆，又一个年头过去了。这一年，一艘据称是全世界跑得最快的巡洋舰，离开了英国的港口，驶向了东方。有军事专家认为，这艘军舰，将在海战中扮演着至关重要的角色。日本人将它命名为"吉野舰"。

除此之外，"千代田"号、"秋津州"号、"八重山"号，还有专门用来对付"定远"和"镇远"号的铁甲舰"松岛"号、"严岛"号和"桥立"号纷纷下水。这一年，在天皇的号召和全民的动员下，他们的军费支出，已高达财政总量的32%。

那二百多年前野心勃勃的丰臣秀吉曾经做过的梦，这时也同样浮现在伊藤博文的眼前。

征服中国。那也是他的梦想。

# 十四

三年又三年，弹指一挥间，又一个三年过去了，时间走到了公元1894年。这一年是中国的甲午年。对于清政府来说，这是一个注定要发生大事的年份。也就是在这一年的旧历十月初十，即公历的11月7日，一场举国同庆的寿宴，将要隆重登场了。而这寿宴的主角，就是慈禧太后。

憧憬了三年，慈禧太后终于眼看着就要等到这一天。朝廷上下提前一年就忙碌了起来。六十大寿的场景，已在她脑海中预演了无数回。那天，她大概早上要在宫里等王公大臣们朝贺，接着，还要在华美的阵仗簇拥下，直奔颐和园。

所过之处，处处增设"点景"。说是点景，经坛、戏台、彩殿、牌楼，样样俱全，无所不有。除此之外，还要组织僧道诵经，戏班演戏，还有各路人马夹道欢迎。各样把戏充斥两侧。就这样一路被轿子抬到颐和园，她还要大摆排场，宴请群臣，以表达她那普惠于天下的"恩情"。

慈禧太后如此这般阵势，是向高宗乾隆皇帝学来的。乾隆皇帝当年坐拥"康乾盛世"，雄厚的经济基础支撑着他一生的奢华与尊贵。而今，面对此起彼落的内患，面对四面八方虎视眈眈的洋鬼子，大清帝国的财力基础，早在两次鸦片战争时，就已经走起了下坡路。

到了光绪皇帝一朝，整个国家已渐渐地入不敷出了。到了1889年，随着颐和园工程的深入，大清朝终于彻底没了银子。这一年5月，他们正式向天津租界的外国银行借走了100万英镑的洋债，以弥补全国各地所消耗的费用。

可是，寻常人家的老太太都是要过寿的，更何况这尊贵的慈禧太后呢？她告诉大臣们，一个国家的心气儿首先要看这个国家家长的精神面貌。皇上就是国家的家长，可连皇上都要管她叫一声"亲爸爸"，因此，她慈禧太后，自然就是这个家长的家长。

她咳嗽了一声，扫视着群臣，冷冷地说："谁要是让我不舒服，我就让谁一辈子也不舒服！"在她的威严下，大臣们全都低着脑袋，喘气都显得小心翼翼。

坐在一旁的光绪皇帝看着自己的"亲爸爸"，喘起气来，也同样显得小心翼翼。也许是现实的财政压力超出了极限，也许是所谓朝中"清流"的脊梁骨，确实比别人更硬，群臣中，唯有那老迈的户部尚书翁同龢，面对慈禧太后的威严挺身而出。

"内府不足，取之外府；外府不足，取之各路，于是行省扫地尽矣。"

总而言之，这大清国，已经没有钱了。

话音未落，他昏了过去。

慈禧太后知道，她的口气再硬，没钱也终归还是没钱，谁也变不出来。这样下去，她的权威终将在现实面前打了折扣。与其这般——她琢磨了一下，而后收起了先前的严肃，反倒把和蔼的笑容挂在了脸上。她用温柔的声音说：

"翁师傅，你日夜为国操劳，是国之栋梁。你是皇上的老师，你说，眼下该怎么办？"

翁同龢叹了口气，紧锁着眉头，跪倒在地。

"回禀太后，如今国家衰亡，积贫积弱，维持日常支出已实属不易，切不可沉迷于声色！"

慈禧太后愣了一下。翁同龢是同治、光绪两代帝师，是朝廷里"清流派"的代表，在朝中是有一定声望的。

一代大儒，自是熟谙孔孟之道。"君子必古言服，然后仁"，意思是你得说古人的话，穿古人的衣服，然后才能成为君子。孔子总是很喜欢强调遵守规矩的重要性。无规矩不成方圆。受孔圣人影响，翁同龢当然也是看重祖法的。

在他眼里，慈禧太后已经破坏了老祖宗"女人不干政"的规矩。皇上早就到了亲政的年纪，这个国家该怎样、不该怎样，都应由皇上本人乾纲独断，和这个女人本没有什么关系，可这么多年，她却名为归政，实为弄权。

翁同龢一直都压抑着心里这团火，身为文人，又是帝师，于情于理，他都应该帮助皇上掌握大权。可面对这个阴狠毒辣的女人，他又能做些什么？

听翁师傅劝自己不可沉迷于声色，慈禧太后愣了一下。她刚刚才告诉大臣们，谁敢让她不舒服，她就要让谁一辈子也不舒服，怎么一转眼，这翁师傅就把她的话当成了废话？

事实上，历经这么多年的宫廷斗争，她早就练出了一身识人的本事。和自己一条心的，不是一条心的，她全都一目了然。只不过在先前的很长一段时间里，她都一直认为，翁师傅既是老臣，又是她派来给皇上教书的老师，照理说，本该是她的人。

但就在这一瞬间，她猛然注意到对方充斥着反感的眼神，听到了对方说话时狠狠咬着牙的语调，于是立刻明白了什么。愣了一阵后，她长叹了口气。接着，至尊无上又施恩于天下的慈禧皇太后，用她凶狠的眼珠子盯着眼前的大臣们看了好一阵儿，最后冷冷地说：

"那就把点景工程给停了吧！"


三年又三年。从1888年，到1891年，再到1894年，又一个属于北洋水师的三年过去了。置身于海的博大，天的辽阔，行走于各国公使、文武大臣之间，又一个校阅期到来了。站在高台上，俯视着眼前这支倾注了毕生心血的舰队，李中堂长长地叹了口气。

三年啊三年，时光就是这样匆匆流逝而去，不可逆转。三年以前，当浩浩荡荡的北洋水师，带着大清朝洋务运动的全部辉煌，从海对岸目瞪口呆的蕞尔之邦归来的时候，光绪皇帝欣喜若狂，认为经过几年经营，李中堂为国家所做的贡献，已令世人瞩目。

为此，皇上本人还下了封诏书，特意表达了朝廷的嘉奖。李鸿章那时还以为，一切并没有发生什么变化。北洋水师作为大清朝海防的脊梁，国家对它的重视程度绝不可能有所逊色。但他尚未高兴太久，户部的奏折，便左右了朝廷的决定。

翁同龢以"海疆无事，国防空虚"为名，竟然简单粗暴地砍掉了他北洋水师往后三年用以购买船坚炮利的费用。

那一年，醇亲王已经去世了。隆重的阅兵仪式过后，看到雄壮的北洋水师，朝中有人却泛起了嘀咕。李鸿章知道，洋务运动从一开始，就将朝廷里的大臣们分割成了两个派别。保守派总是对西洋传来的新鲜玩意儿看不上眼。

可是，经过曾国藩和李鸿章的折腾，洋务派日益壮大，风生水起，渐渐地抢走了保守派的风头。开始受到冷落的保守派大臣们，也终于坐不住了。他们对待洋务运动的不以为然，也就这样，从一种观点上的对峙，进而转变成了某种利益层面的争夺。

于是，当北洋水师用一场阅兵式，换得了各国公使的惊叹时，当一句"东亚第一，世界前十"的美誉传入宫中，博得紫禁城内的光绪皇帝龙颜大悦时，保守派大臣的窃窃私语，也就随之在朝廷中越发流传了起来。

这样的窃窃私语自古有之。有人说，北洋水师是李鸿章为积累政治资本而建造的一支"私家军队"。谁都清楚，大清朝的建立者来自北方，是有着"东方飞鹰"之称的女真族，就是满族。从入关以后的第一个皇帝顺治算起，此时已历经九位皇帝。可不论历经几位皇帝，在中原的地界上，他们都依然只能算个少数民族。

从数量上来说，汉人具备了压倒性的优势。清军在与明末的军队进行武装斗争的时候，也曾杀红了眼，杀得汉人尸横遍野、血流成河。虽然这一切都已消散于记忆，满人尊重汉人的文化，汉人也渐渐接受了满人的统治，达成了某种默契，一步一步走向了融合。但对于宫里的满人政权来说，面对数量远超自己的汉人，依然还是有所忌惮的。

军队是国家的拳头。逢此乱世，国家衰落，身为大臣，本已是一呼百应，若私下里再控制一支军队，这势必会引起当权者的无尽遐想。

当李鸿章听说户部要砍掉北洋水师的军费时，他一边咒骂着翁同龢的"昏聩"，一边却又惦记起朝中对自己的议论来。在官场里摸爬滚打了这么许多年，他衡量再三，反复思忖，最后用一种消极的目光看了他的下属直隶按察使周馥一眼，而后就陷入了沉默。

1894年，又是三年过去了。时光如水般流逝，不可逆转。三年以来，在叹息中，李中堂的北洋水师没有添加一炮一舰。山东沿海，用以防御外敌入侵的炮台尚未修备，大清王朝的第一重海上门户，就这样大开着。

三年以来，为了给太后过寿，颐和园里的工程，一刻也没有停。战争也许遥遥无期，可是谁要令太后不舒服了，那是要掉脑袋的。于是，在大清国财政吃紧，甚至常常依靠借洋款度日的岁月里，海军衙门专属北洋水师的费用，居然再次被挪去，成了为皇家大花园波光粼粼的昆明湖湖面上，建造游艇的费用……

三年啊三年，三年的光阴就这样穿越那博大的海面和那辽阔的天空，行走于各国公使和文武大臣之间，昔日的阿谀奉承依然不绝于耳。但此时李中堂的脸上，已没了往昔的那份自信。

一年以前，日本人从英国人那里，斥巨资买走一艘巡洋舰。他了解到，那是一艘号称全世界航行速度最快的巡洋舰。日本人将它称为"吉野"号。除此之外，在日本的军港中，"千代田"号、"秋津州"号、"八重山"号……

他带着一阵恐慌，将那小岛上正发生的一切，上报给了朝廷。接着，北洋水师就迎来了它的又一个校阅期。站在高台上，俯视着眼前这支倾注了毕生心血的舰队，望着绚烂的晚霞中，日本公使毕恭毕敬的身影，他不无忧虑地叹息着、叹息着……

因大寿的临近，北京城里的喜庆色彩，越发浓重了起来。为了给太后筹得一份厚礼，博得她老人家的欢心，京城的大小官员将日常政务全都抛掷于脑后，倒是想尽办法，巧立名目，搜刮起民脂民膏来。

多年以后，有人回忆说，那时候，太监们疯了，宫女们也疯了，大臣们你来我往，也同样是疯了。在这一群疯狂的达官贵人中，慈禧太后一遍又一遍地憧憬着自己的六十岁，一遍又一遍地在脑子里，将自己的寿宴与高宗乾隆皇帝的寿宴做起了比较。

当有关日本军队的消息传到她耳朵里的时候，她却只是冷笑了一声，有些不解地哼哼着问："蕞尔小邦，何足为惧？"

# 第二章　耻

The End

A Start

# 十五

日本的山口县，又叫作长州藩。1864年的时候，英、法、美、荷四国军舰对这里展开了激烈的炮轰。炮弹落在藩中的沿海城市下关，猛烈的炮火吓坏了藩主和士兵，于是，他们宣布投降，签订了极为苛刻的不平等条约。

1865年以后，幕府政权被推翻了，为了加强中央集权，明治天皇进而改"藩"为"县"，下关就成了山口县最大的城市。这里的人靠水吃水，对一种叫作河豚的鱼爱不释手，又凭借着沿海的独特优势，很快便将这个城市发展成别具特色的"河豚之乡"。

下关有个古称，叫做"赤间关"。"间"字，在日文中，被念作"马"，于是，在中国人听来，"赤间关"，就成了"赤马关"。久而久之，也不知道是什么时候，是哪个翻译偷了下懒，把赤字也给丢掉了。结果，日本的下关，就成了汉语里的马关。

山口县里走出过一个大人物。下关炮战使他清楚地认识到，想要救国，单纯地与西方抗争，只会适得其反。他提出要向西方学习，要推翻落后的幕府政权，要建立一个以天皇为核心的强力政府，要在全国一盘棋的框架下建立强大的帝国。

二十多年以后，他初步完成了自己的构想。1890年，他为他的祖国制定了一部宪法，宪法里充分保障了天皇的权力。两年以后，在这宪法之下，他以首相的名义，组建了自己的内阁。在工业革命与产业革命的交叉口，他书写着自己的传奇。

他就是伊藤博文。


公元1895年3月19日，"河豚之乡"最好的河豚料理店外，已是戒备森严。下午两点，功成名就的伊藤博文，身着整洁的西装，带着得意的微笑，恭敬地等候在门前。几分钟后，一位身着蓝色大褂的老人，在左右搀扶下，缓缓走入他的视线。那正是他在等候的人。

老人抬起头。料理店的招牌上，写着三个飘逸的汉字——"春帆楼"。有人曾提出，日本人所学的汉字，是一千多年前与隋朝发行的佛经一道传入日本的。随后，到了唐朝，日本人带着满心的崇拜派遣大批留学生前往中国，向这富饶强大的国度虚心讨教学问，心甘情愿地把对方视为老师。

唐后是宋，宋后是元，元后是明，明后是清，一千多年来，这个老师曾历经多少风雨，多少次改朝换代，凭借着怎样的优秀，才以其独有的韵味屹立于世界之上。

然而，一夜之后，这骄傲的文明，却又以怎样的颓废，消沉至此，随风飘散，直到所有的过往，在这一刻全都变得越来越小、越来越小，小到最终化作眼前这三个飘逸的日本汉字。看到这一切，一阵酸楚涌上他的鼻尖。

一阵海风吹来。湿冷的空气中，伊藤博文用鞠躬表达着自己的礼貌。而后，他转过身，用他那发音奇特的母语对门前的士兵说："李鸿章大人到。"于是，士兵向两侧退去。一扇耻辱的门，被打开了。


李鸿章第一次见到伊藤博文，是1885年的事情了。在那以前，中国的藩属国朝鲜，发生了一场政变。在那混乱的岁月里，一个自称"开化党"的集团组织，暗地里做足了准备，打算劫持他们贪得无厌的国王，推翻王政，另立幼主。

他们从大臣着手，首先暗杀了七位守旧官员，发布改革政纲，同时打算脱离清廷的影响，自立门户。中国自古建立的朝贡体制，本与殖民掠夺大不相同，对于一个国家的朝政，中国人并不会过多干涉。

但在这场政变中，有一个人物却清楚地嗅到了危机。他意识到，这场政变隐藏着一个天大的阴谋。因为他看到，在"开化党人"的队伍里头，日本人竟似乎在蠢蠢欲动。于是，他拍案而起，领兵前往，快刀斩乱麻，以勤王的名义一举剿灭了叛乱，将"开化党人"打得四分五裂，这才长长地出了口气。

这个人，叫作袁世凯。

袁世凯当时还是驻扎在朝鲜的清军将领。那时候的日本还不够强大。面对中国军队的介入，日本政府严禁日军与之发生冲突。而袁世凯则在给李鸿章的电报中反复请示，当务之急，首应增兵朝鲜，以抗拒日本。

李中堂接过电报，却犹豫不决。因为那时在中缅边境和沿海一带，中国军队正饱受法军的侵扰，在激烈的战火中，无暇他顾。

1885年，朝鲜的混乱逐渐平息了下去。羽翼未丰的日本，依然还没有胆量与它一千多年的老师来一场正面的较量。就是这一年，李鸿章第一次见到了伊藤博文。

他记得，这位日本人派来的代表，是以一种谦卑的态度来到天津，请求谈判的。那时的伊藤博文已经四十四岁，但在李鸿章的眼里，他依然还是个青涩的孩子。

中堂大人叉着腿坐在椅子上，手持烟枪，吞云吐雾，摆足了长者的姿态。而面对眼前这位长者，想到他十几年来在洋务运动中所扮演的角色，这日本人的代表却也在畏惧中，由衷地感到几分敬意。

只是在谈判桌上，李鸿章主动退让了。事实上，伊藤博文早就了解到，没有完善的工业体系为支柱，清廷毫无竞争优势。那是经过精心研究所得到的结论。

中国在东南与法国打仗，在西北与沙俄打仗，四面八方，无不面对着世界列强的侵扰。如此重压之下，清政府是不敢强硬的。他并没有花费太大的功夫，便与之拟定了一份《中日天津会议专条》。

条约中规定，朝鲜若再生变故，中日双方若欲派兵，都应首先知会对方。李鸿章刻意地说了几句硬话，但他最终还是选择了妥协，这也是他和他的同僚精心研究以后，所选择的路线。所有人都知道，积贫积弱的中国再也折腾不起了。而这条约的内容，事实上是承认了日本在朝鲜的影响力。

会谈之后，这谈判桌上看似青涩的对手，却意味深长地对他说了句话："贵国若无力改革内政，必将为我国后来居上。"

李鸿章觉得，这晚辈话里有话，言外之意，中日两国终将一战。对天朝上国的重臣来说，这也许算不上礼貌。他思忖片刻，吸了口烟，为了维护尊严，他觉得自己有必要也用强硬的态度予以回复。他笑着说：

"若终有一战，我大清愿意随时奉陪。"

听到这样的回答，伊藤博文未置一词，只是冷冷一笑。而后就转身消失在视线的尽头。


关于日本，李鸿章曾在一次宴席中，听一位洋人谈起。这个洋人来头可不小，因为他曾是美国的第十八任总统格兰特。那时候，他刚刚离任，带着一脸的轻松来到中国。

在天津，格兰特受邀和李鸿章吃了顿饭。那时候，中堂大人正忙着为国家筹建一支先进的舰队。在饭桌上，面对眼前的洋朋友，他虚心地提了不少问题。看到直隶总督的满脸好奇，美国前总统面带微笑。

他提起当年中堂大人在动乱中为朝廷所做的贡献，他所指的动乱，是太平天国运动。他恭敬地称赞对方，和自己一样，都是拯救了国家的伟人。因为他本人也曾帮助他的国家打赢了南北战争。提及这段有关军旅的历程，他总是显得兴奋不已。

他向中堂说起一种在水底下巡航的战舰，这种战舰的名字，叫作潜水艇。李鸿章愣住了，他曾因办理洋务而惊讶于世界的变化，与朝中大臣相比，早已是熟识西洋之物的专家。此时他却恍然意识到，即便如此，他的想象力依然还是无法追上欧美列强前进的脚步。

他连声赞叹，当他正在为筹建一支先进的海军而费神时，大洋彼岸的国度，竟已掌握了如此这般奇特的武器。在美国前总统格兰特的微笑中，他定了定神，而后带着满脸的羡慕询问对方，在这日新月异的世界里，他的祖国究竟该以何种方式，追赶列强的脚步？

他记得，就是在那个时候，他的客人提到了日本。沉默片刻，格兰特将身子前倾，认真地回答他说，同为黄种人，如今的日本，早已经走在了前头。

是啊！日本也许正是从那时起，逐渐从紧随其后的学生，转变为先行一步的老师的。想起1874年日本军队悍然入侵台湾的举动，李鸿章时常隐隐地感到不安。五年以后的今天，就在格兰特夫妇踏上中国的土地时，那岛国的天皇，却已将臣属于大清的琉球王国，改造成了他们口袋里的"冲绳县"。

正在如此这般焦急中，李中堂不断请求朝廷扩张海军，以应对这个蕞尔之邦越发强大的军事力量。但他始终都没有搞懂，在那个从来就不被人放在眼里的小岛上，究竟发生了什么，又是以什么样的力量，催生了它日新月异的进步。面对那昔日的学生，他的心里，充斥着毫无章法的慌张。

为了表示自己的友好，李鸿章将中国生产的景泰蓝和丝绸作为礼物，赠给了客人。格兰特深知中国人的礼尚往来，因此反问对方，希望自己以什么作为礼物，回赠给他。

于是，李鸿章把目光落在了前总统正握着的手杖上。手杖的顶部，一颗拇指大的巨钻和一圈璀璨晶莹的小钻石，交相辉映，焕发着夺目的光彩。

他从没有见过如此精美的手杖，不禁赞叹起来："贵国竟能把手杖做得如此精致！实在叫人大开眼界。"

格兰特笑了。他说，这根手杖是他在卸任时，全国工商名流送给他的礼物，代表着国民的公意，并不能私自相送，唯有待他回国以后，征得同意，才能转赠中堂。

李鸿章笑了。他感谢他的客人愿意将如此贵重之物送给自己。格兰特也笑了。就这样，在江河日下的大清帝国，这位从大洋彼岸远道而来的前总统，用他深邃的目光凝视着眼前的这个人物。

夕阳西下，他仿佛看到，这个身材高大、垂垂老去的中国人，正在用尽全力，在激流中，把持着一艘漏水的木船。想到这里，他情不自禁地转身，缓缓地说：

"昔日欧洲小国德意志，出了一位铁血宰相，此人名唤俾斯麦，在他的带领下，德国政府改革政务，平叛内乱，于是一跃而起，如今已成为西方一支不可小觑的力量。总督大人政绩斐然，勤勉为国，我想，在我眼中，您也同样算得上是一位'东方的俾斯麦'！"

赞美声中，李鸿章淡淡地笑了。他了解这话里的几分恭维。他的笑容，也许只是某种客套的礼貌。时光匆匆，回忆中，格兰特夫妇的身影，也同样随着各自转身，从此消失在他视线的尽头，渐渐地在他脑海中越来越小，越来越小……

1895年，伊藤博文五十四岁，他面前的老人七十二岁。春帆楼前，面对这位前辈，他缓缓地说：

"中堂可曾记得，伊藤当年劝您改革内政，否则必为我国后来居上。如今这话，果真应验了吧？"他盯着面前风烛残年的老人，冷冷地笑道，"大人当年所言，要打便打，必将奉陪，那是何等威风。可如今若是真的打起来，结果会是怎样呢？"

老人狠狠地咳嗽了几声以示回应。潮湿的海风吹拂着整座城市，四下飘散着河豚的香味。而后，一切都冷却下来。唯有耻辱的炮火，残存于他的脑海，久久不曾平息……

# 十六

一切都仿佛在梦中。在美丽的晚霞中，他自负地望着眼前那浩浩荡荡的舰队，脑海里回荡着这句话：大清洋务运动的巅峰，就是他李鸿章；而他李鸿章的巅峰，就是眼前的北洋水师！

只是当海风吹来的时候，所有这一切，都被吹散了。而外国公使说的那句"东亚第一，世界前十"，在这特殊的日子，也已沦为笑料。谈判桌前，他昔日的威风全然不见，充斥在他耳畔的，是一阵阵冷冷的压抑。

战争在持续着。一年以前，朝鲜半岛上，一场革命匆忙登场，一支充满仇恨的起义军将整个国家的苦难，归结于西学的入侵和日本的欺凌。他们自称"东学党人"，发誓要除暴安良，打击贪官，重振儒学，以东方经典对抗洋人学说。这支军队四面出击，一呼百应。他们所到之处打击豪强，开仓放粮，队伍日益壮大。

那是他记忆中，1894年的模样。当时是中国的甲午年。那一年摆在中国人面前的头等大事，就是给尊贵的皇太后办一场体面的寿宴。整个国家顶着国库的亏空，也要渲染出一份节日的喜庆。

太监、宫女、大臣，为了给太后送一份厚礼，巧立名目、搜刮百姓，全都疯了。太后端坐一旁，和善中又不乏威严，冷冰冰地对大臣们说："谁要是让我不舒服，我就让谁一辈子也不舒服！"于是，所有人都低下头，停止了言语。

他总是惊讶于历史的巧合，一千多年前，两百多年前，十几年前、十年以前，朝鲜半岛的动荡，总是会牵动着一对师徒的心跳。乱局之中，作为宗主国的中国接到了朝鲜国王的请求，于是派兵前往，顺利地平息了内乱，却又在宁静的傍晚，陷入另一个泥潭。

一千多年前，在强大的唐朝军队前，日本人来到了朝鲜。两百多年前，在凶悍的明朝军队前，日本人又来到朝鲜。如今，一千年过去了，两百年也过去了，历经两次鸦片战争、饱受了西方列强的凌辱与欺压，中国不再强大，清王朝江河日下。时光流转，岁月轮回，就在这风云突变的1894年，在日益衰落的清军面前，日本人又一次来到了朝鲜。

一切都仿佛还在梦中。从1891年，到1894年，三年的时光匆匆流逝。大清国为了太后的寿宴，上上下下，准备了三千万两白银。户部的银子早已捉襟见肘。海军衙门的款项被挥霍一空。

美丽的晚霞中，"东亚第一，世界前十"的赞美声，仿佛还在耳畔回荡，李中堂的内心，却已忐忑不安。他依然坚信，大清朝洋务运动的巅峰，就是他李鸿章；而他李鸿章的巅峰，也就是这浩浩荡荡的北洋水师。

可是，三年过去了。三年以来，北洋水师未添一炮、一舰，原有的炮弹保存在箱子里，竟已犯了潮。他回想起醇亲王的承诺：修完了颐和园，哄好了太后，他北洋水师必将迎来更大的发展。可是这话尚未兑现，醇亲王就停止了呼吸。

心乱如麻中，他的梦，被叫醒了。


1894年，隐忍了两百多年的战争终于爆发了。当东学起义被清军瓦解时，在这落魄的老师面前，又出现了日本军人的身影。他们以七千兵力浩浩荡荡，直入汉城（今首尔），与中国士兵僵持、对峙，分庭抗礼。

李鸿章吓了一跳。他没有想到这个潜在的敌人，会以这样一种方式，利用这样一个时间，忽然出现在这片古老的战场。日本人来势汹汹，他们声称，经过上次动乱，他们已在这块土地上，取得了与中国同等的出兵权力。

李鸿章尴尬地笑了。他想起，这一年，摆在中国人面前的头等大事，本是为他们的慈禧皇太后，热热闹闹地举办一场寿宴。为了这场寿宴，北洋水师硬着头皮熬过了三年的岁月。三年以来，他们未添一炮、一舰，船体多处老化，后期的维修难以为继。

他依然还会想起醇亲王生前的那句承诺：哄好了太后，他北洋水师必将迎来更大的发展。复杂的内心纠葛中，他连连叹息着。

他渴望以外交手段与日方周旋。可是，日本人早就吃准了他的软弱。当他以"乱党已平"为由，要求日本与中国同时撤军时，日本人却恶狠狠地上前一步，给他递来一封"绝交书"。日本人声称，朝鲜从此不再是中国的藩属，而是一个由日本控制的主权独立的国家。

李鸿章愣住了。他意识到，如今陈兵于自家门口的这个日本，早已不再是昔日那个羽翼未丰的小鸟。在老师面前，这个做了一千年学生的晚辈，已具备了实现它百年野心的实力。

他觉得，也许他对于醇亲王的怀念，并不止是那句重重的承诺。洋务运动兴起之时，洋务派就已成了保守派的对立面。多少年来，每当与朝中大员谈起洋务，他只能找出醇亲王这么一个知己。醇亲王一心想要振兴海军，可是身为皇帝的生父，他所背负的压力，却又实在太重太重。劳累中，他终于患上了肝病，最后早早地闭上了眼睛。

李鸿章很想念他。那以后，李鸿章在朝里，就再也没了帮手。于是，当日本人公然入侵朝鲜的消息传到朝中时，保守派的抨击，就成了回荡在他耳畔仅有的声音。

接着，一时之间，朝野震怒。满脸正气的保守派纷纷上书，每书必言请战。一千年来，历朝历代，哪朝的中国人，会把蕞尔日本放在眼里？于是，唾液横飞，口诛笔伐，一夜过后，李鸿章倍感压力。无助的他四下求援，渴望以外国干涉调停化解战端。可是，等待了二百多年，野心勃勃的日本人，真的再也等不下去了。当中国运兵船从牙山返航时，甲午战争爆发了。

海风习习。昨日的骄傲犹在眼前，人群的热闹依然充斥于耳畔。只是在那寒暄与揶揄过后，李鸿章如梦初醒。朝廷里的抨击，百姓间的谩骂，整个国家的愤怒，依然都回荡在他心底。初入北洋之时，他曾豪情万丈，上书直言，痛陈时弊，声称如今的中国，已碰上了"三千年未有之大变局"。

可那时他一直都以为，这变局的主角，是那群来自遥远西方的白种人，是那群洋鬼子。却不曾想，这变局中的变局，竟会是自家门口同文同种，做了一千年学生的东洋人。

1895年3月19日，在日本人的引导下，他走进了春帆楼。晚霞之中，他再也无法登临高台，感受海洋的博大，重复那句"洋务运动的巅峰是李鸿章，李鸿章的巅峰是北洋水师"的奉承，更无颜领受"东亚第一，世界前十"的赞美。

当东道主冷冰冰的声音切入他所有的回忆、所有的过往时，他才终于从累积了多年的幻想中回过神来。这时，他才真正地面对现实。而这现实是那样地令人窒息，令人悲伤。

"中堂大人，贵国北洋水师，已经全军覆没了。"伊藤博文平静地说。

# 十七

一封书信，摆在丁汝昌面前。那是一封劝降书。至于战争的结局，早在几年以前，当他奉命率领着大清洋务运动的巅峰之作——北洋水师前往日本的时候，当那个充满了活力的世界缓缓闯入自己的视线时，大约从那一刻起，他的心里，就已隐隐地感知到了这份苦涩。

那时的日本并不富裕，他们的财政还在四处举债。他们的历史，似乎偶有亮点，却也只能算是做学生做了一千多年。在历史的拐点上，他们同样遭到了来自洋鬼子的威胁，签订了屈辱的不平等条约；在坚船利炮前，同样度过了一段漫长而艰辛的岁月。

但就是这样的一个国家，这样一个土地狭小、囊中羞涩的蕞尔小邦，当丁汝昌率领着那支庞大的舰队缓缓入港时，却惊讶地意识到，这里的君主和臣民，正在穷尽所能地建造一个属于他们自己的时代。

丁汝昌记得，1886年，当他第一次率领海军造访日本时，那时的日本人，惊异于"定远"舰的吨位和火力，这艘排水量7335吨的舰船，比他们正在建造的"桥立"号，足足多了三千吨的排水量。他们没有这样的舰。

他们的官员绕着"定远"号上的大炮走了几圈，目光中充满了羡慕和惊惧。那正是北洋水师给这邻居带来的震慑效果。丁汝昌知道，当他将这一切如实汇报给李中堂的时候，中堂大人是一定会感到满意的。

他本人一介武夫，并没有受过良好的教育，可他记得，自己当年受命前往英国时，曾利用接收战舰的机会，参观了西方世界的物质文明。当他问起大英帝国所以强大的原因时，大概曾有位洋人给他打了一个比方。

这人说，国家的强大，就好像丰硕的果实。果实的生长，需要土壤，需要种子，进而才会有根、茎、叶、花，若土壤坏了，种子就不能发芽，如此一来，就更谈不上果实了。

这个比喻很奇怪，他那时并不能够理解其中的含义，在后来的很长一段时间里，他也并没有去琢磨那些深刻的道理。几年后的1891年，当他再次出访日本，惊讶于这个国家短短几年时间里的进步时，他下意识地向日本的高官，请教了一些问题。

对方告诉他，这个国家从明治维新起，推翻了幕府统治，打倒了割据势力，在天皇的带领下，从孩子抓起，大搞教育，传播西方先进思想，又不惜举借高额外债，引进西方先进设备，学习其科学技术。

说话间，丁汝昌再次审视着眼前的造船工厂和工厂中三千多名日本土生土长的技术员工，直到这时，他才又想起了当年那个英国洋人向他讲过的话，于是不禁若有所思。就这样，时间又过去了四年，当这场战争的结局，从他内心深处那份隐隐的感知，正在逐渐升腾成四面八方的一片火海时，一介武夫的他，忽然间竟大彻大悟了。

土壤坏了，种子就坏了，种子坏了，果实必不会丰硕。幕府末期，日本的发展与中国别无二致，办洋务、买洋货、建造工厂、购买洋炮，可是，当中国人止步于此的时候，他们却用这外来的事物倒逼社会的进步，以明治维新，废除弊政、改革体制，使其社会构架与西方进步文明相一致，从而促进商品经济，提振工业生产。这就是土壤。

日本人大兴教育，广建学校，人之所学，皆为先进文明，科学技术无不效仿西方，如此一来，假以时日，其本国国民便已逐渐具备了和西洋人平等竞争的能力。这种举国而兴的教育，就是种子。

有了良好的土壤，又有了经过选育的种子，于是，在早期工业生产的基础上，他们成长、开花，结出丰硕的果实。

这场战争的结局，丁汝昌早有感知。这不是一场战役的失败，也不是一支舰队的失败，而是整个社会的失败。因为中国已经落在了后面。

中国的朝廷里，满人一伙，汉人一伙；保守派一伙，洋务派一伙；除此而外，还有皇上一伙和太后的一伙。团伙之间明争暗斗，最后是落后的思想占据了上风。历朝历代皆有争权夺利，但当迫在眉睫的军费争不过太后的园子和寿宴时，亡国的日子，也就慢慢逼近了。

明争暗斗中，李中堂周旋于各路，却又不得不在这体系中阿谀奉承，屈膝投降。为了颐和园的工程，他挪用了军费；为了太后的大寿，他又挪用了军费。

丁汝昌想不明白，在这么一个时代里，走在前面的李中堂，究竟渴望改变，还是根本就不想改变？当国库陷入窘境时，他又因害怕朝中口舌，竟不敢予以反驳。丁汝昌同样不明白，这个敢于直面现实的老人，他究竟是勇敢，还是懦弱？

四年以前，当丁汝昌从日本归来的时候，他曾私下里想过，这个东边的潜在敌人，将会用怎样的方式，花费多长的时间，去打造一支比北洋水师更加强大的舰队？

只是，他的思绪还没有理清，他就听说明治天皇号令全国节衣缩食，购买军舰的消息。为了打败中国，日本国民万众一心。他们建立的义务兵制体系，使他们各个战力超凡。改革之后是新的改革，新的改革带来更新的改革。在这一轮又一轮的改革中，他们的国家正在逐渐摆脱被淘汰的命运。


战争是惨烈的。黄海之上，"致远"号被击沉了。这艘舰在战斗中弹尽粮绝，管带邓世昌下令开足马力撞向敌舰，却在半途中，遭到炮弹袭击，坠海身亡，以死殉国。

"经远"号也被击中了。一枚鱼雷打中了船舱，迫使它迅速下沉。管带林永升誓不离舰，直到海水漫过了咽喉，依然号令炮手开炮射击。

丁汝昌也受伤了。在敌人凶猛的火力前，他接到了上面下达的命令。丁汝昌知道，李中堂害怕了。北洋水师，那是他倾注了毕生的心血，耗费了全部的精力，才艰难打造出的一支先进海军。

从木船到蚊子船，到铁甲舰，从无人问津，到海军衙门的建立，再到后来的初具规模，当外国公使那句"东亚第一，世界前十"的感叹，为李鸿章所耳闻时，他望着天的博大、海的辽阔，情不自禁地认为，这大清国洋务运动的巅峰，就是他李鸿章！

恍惚间，这个国家上上下下的大臣们、贵族们，在这浩浩荡荡的舰队面前，似乎都一致地认为，大清国已经不再是那个积贫积弱的大清国，两次鸦片战争的悲剧，在这船坚炮利面前，不会再重演了。

可是，谁又会去在意，没有完整的现代经济体系、工业体系、教育体系的依托，这庞大的舰队，却只是无根的浮萍。日本军队海陆并进，他们的士兵越过鸭绿江，向着中国境内滚滚而来。

他们在旅顺遭到了顽强的阻击，但在激烈的战斗过后，11月21日，他们突破了防线。压抑了二百多年的强盗，在那一刻，露出了狰狞的面目。两万无辜居民惨遭屠杀。杀戮现场，仅有36位埋尸者侥幸生还，整座城市，只剩下不到八百人。

海风裹着尸骨的腐臭味迎面吹来。辽东半岛，在屠戮中，深陷于恐惧。李中堂也在恐惧着。恐惧中，他生怕那倾注了自己毕生心血的北洋水师，在勇猛的日本舰队前，化作灰烬。

国力的衰弱，夸饰着他内心的懦弱，懦弱的因子，催生着他的自私和愚蠢。当日本人疯狂寻衅的时候，这个处在自私与愚蠢之间的老人，却用一句消极的"保舰、固守"，放弃了最后一丝有可能发生的奇迹。

海陆并进的日本人，正在清扫着战场。忙乱中，"镇远"号搁浅了。清军的防线退出了旅顺，围绕着威海卫蜷缩起来。几天以前，"定远"号沉没了。右翼总兵刘步蟾誓与战舰共存亡。直到弹药将尽，直到敌人滚滚而来，他最终下令炸毁"定远"，在悲壮的炮火中，服毒自杀，以身殉国。

就这样，在苍凉的暮色中，一阵海风吹来，吹散了大清帝国洋务运动的所有辉煌，只剩一座孤岛上，最后一份孤独的倔强。

相传数百年前，一艘商船来此避风，一对刘姓老夫妇，救助了船上的艄公，艄公想要报恩，却再也找不到这对夫妇，于是为表感恩，集资建庙，取名"刘公庙"。从此以后，往来的船夫每经此地，必拜此庙，以求平安。久而久之，这岛就成了"刘公岛"。

就在这孤立无援的刘公岛上，丁汝昌——这中国历史上近代海军的第一个总指挥，在他早已感知的绝望中，回想起自己一生的起起伏伏。从太平军，到湘军，到淮军，再到北洋水师，在这片土地上，他见证了一个又一个梦想，也见证了梦想的一次又一次幻灭。

他见证了一场轰轰烈烈的洋务运动，也终将随着这场运动的失败，而消散在历史的烟云中。敌人的脚步越来越近，越来越近，他仰望苍天，在那辽阔的疆界里，却找不到自己的位置。晚霞中，他撕碎了书信，大手一挥，长叹一声。千百年的辉煌转瞬即逝，而这热血男儿，却在时代的交叉路上，陷入了迷途。

1879年，曾有一位夫人，随着她的丈夫一道访问过中国。她的丈夫，就是第十八任美国总统格兰特。时任直隶总督李鸿章曾接待了他们。她记得，这位总督曾在饭桌上，向她的丈夫提起过许多有关筹建海军的疑问。可是，就在他们回国以后的1885年，她的丈夫去世了，但那有关中国之行的美好记忆，依然残留在格兰特夫人的脑海中。

或许是因为那块古老的土地上，残存着她与丈夫美好的回忆，从那以后，她总是会格外留意有关中国的消息。就这样，十个年头匆匆而过，十年后的一天，在著名的《纽约时报》上，格兰特夫人看到了这样的文字：

在一场惨烈的战争中，三名中国海军将领——丁汝昌、刘步蟾，还有一位总督李鸿章本人的外甥张文宣，在全军覆没的悲剧面前，以一种令人哀伤的方式——自杀，坚守了他们顽强不屈的爱国精神。也许在这一时刻，那是他们唯一的出路。

他们是战争的失败者，并不想苟且偷生。他们用自己的行动，向世人展示了这样一个事实：在四万万昏睡的中国人中，至少有三个人认为世界上还有一些别的什么东西，要比自己的生命更加珍贵。


1895年2月11日，丁汝昌仰天长啸。

那是一场三千年未有的变局。

辉煌不再，往事如烟。在这历史的洪流中，天在变，地在变，仿佛人间的一切，都不得不随之而变。

但在这生命的尽头，他依然坚信，在这千年的迷茫中，在这古老的中华大地上，仍有一种伟大不曾改变。

也绝不会改变！

夜幕降临的时候，梦，却醒了。


# 十八


梦醒时分，日本人闯进一艘中国的船只，一番蛮横的检查后，带着一脸鄙夷，扬长而去了。那是一艘从广东开往天津的客船。日本人走了，船上的客人，却陷入了惊慌。就在这惊慌中，一个三十七八岁的男人站了起来，他带着愤懑的情绪，快步来到舱外。

海风吹拂着他的脸，不远的地方，陆地已若隐若现。那儿是天津东南方的大沽口。他记得，当年的鸦片战争，英国和法国舰队，就曾在这里，用他们的大炮，朝着中国的军队狂轰滥炸过，那时候他还没有出生。但每当想起那些画面，一阵酸楚的泪，就会涌上心头。

他想起，他的出生，是在1858年。那一年，他的国家，正经历着对内、对外的两重危机。这一年，太平天国闹起来了，英国、法国、美国、俄国，也跟着闹起来了。

清政府被农民起义和第二次鸦片战争打得喘不过气来，直到又过去了两年，洋人用一把火，烧尽了北京城里最漂亮的皇家园林，而后又经过一段时间内部的厮杀，这危机，才终于渐渐平息了下去。

想到这里，他连连叹息。这时，另一个身影出现在他身旁。那是个年龄只有二十几岁的小伙子。小伙子很尊敬地叫了一声，"老师"，他点了点头，对方这才上前一步，与他肩并肩，站在同一条线上。

两个人一言不发，沉着脸，望着远方。轮船在海面上摇晃着、飘荡着，过了好长一段时间，做老师的，才终于重重地叹了口气。

"老师的叹息，可是因方才的事儿？"学生所指的，是被日本人搜船的事情。

老师缓了好一阵子，泪珠在瞳孔中徘徊着。他的学生说得没错。当年鸦片战争之时，用坚船利炮打烂大清门户的，还只是白种洋人。如果说中国人在自满中有好几百年都自闭于世界，并不知西洋科技的发达，如此打了败仗，还情有可原。

但从那以后，中国人开办洋务，学习西方，本是想要自立自强，重回世界之巅，可是，三十多年过去了，三十多年的洋务运动，清政府花了大笔金钱，最终发展出扬名于世界的东亚第一海军北洋水师，却居然在甲午一战中，被那同是黄种人的日本，给消灭得干干净净。

在中国人心里，日本是周边一个弱国，是当年好几次战争的手下败将，是中国人一千多年来的学生，是一个比大清还要积贫积弱的蕞尔小邦。但如今，中国军队竟连这样一个不为中国人所放在眼里的对手给打得如此狼狈。这份耻辱，远远超过了两次鸦片战争。

想到这儿，他情不自禁地发出了第二声叹息，而后狠狠地擦干了眼泪。

"若朝廷早听我言，必无此辱！"他将一只手放在学生肩膀上，言语之间，却又是一阵酸楚涌上鼻尖。

两个人再次站在了一条线上。

学生没有说话，他陷入了一阵思考。

他的思考是从"中国"两个字眼展开的。他想到上古时期，炎黄大战蚩尤，炎帝、黄帝都是夏族，可蚩尤是黎族。夏族的部落并称"百姓"，黎族的部落并称"黎民"，一战过后，夏族赢了，黎族败了，可部落间彼此融合，这就有了"黎民百姓"的说法。

黎民百姓的扩大，把中原的范围也扩大了，把种族的类型也丰富了。华夏远祖建国于黄河流域，以其强大的军事实力和生产力居于蛮夷之中，于是自称"中国"。这个"中"字，不仅是方位名词，更是一种对自身优越感的认知。

到了汉朝，黎民百姓又扩大了，华夏变成汉族，中原又一次扩大，把南方的"蛮夷"之土地吴越等全都包了进来。汉朝比过去更加强大，优越感也更强，其声名也远播到更远的地方。因此，当汉人面对外族时，就把这个更大的地理范围和这个更大的民族范围也叫作"中国"。

他记得宋朝的大思想家石介总结说，"夫天处乎上，地处乎下，居天地之中者曰中国"。所以中国，就是"中央之国"，中央之国未必身处正中，但是其地位、影响力、综合国力，一定是要达到镇服天下的等级的。

因此，中国的概念，其实早就超越了僵化的地理名词，甚至也超越了单一的民族特性。但说是超越了地理，中原一带毕竟资源丰富，具有得天独厚的生产环境；说是超越了民族，从夏到汉，历经多少年的发展，他们毕竟已是这里历史悠久的常住居民，于是，在漫长的岁月里，若想强大，首先还是需要入主中原。而若想驾驭中原，统治者则不得不首先思考如何满足其主体民族，就是汉族的物质精神诉求。

这就出现了一个有趣的现象。少数民族为入主中原不得不研习中华文明，中华文明本身的先进性，在政治结构、生产方式、科学技术等层面，已大幅度领先，而在思想认知层面，本身又具备了包容的特性，并不排斥外来文明并举。理解了中华文明的这个道理，少数民族自不必担心其自身信仰遭到中原文明的破坏，久而久之，他们甚至以此为荣。

到了南北朝，胡人在北面建国，汉人被打到了南面。结果双方竟在谁是"中国"的问题上，争执不下。南朝说自己才是中国，把北朝叫作"魏虏"；北朝也把自己叫作中国，把南朝叫作"岛夷"。双方各有道理。南朝觉得自己经济发达，又是汉族血统，本该是"中国"；可北朝认为，当自己把汉人打到南边去的时候，证明汉人对他们自己的文化，可能还不及胡人，因此自己更有资格被称作"中国"。

再往后，到了辽、宋对峙的时候，汉人建立的宋朝以其文化之昌盛、科技之进步、经济之繁荣自称"中国"。而契丹人建立的辽朝不甘落后，提出"追唐比宋"的口号，于是积极汉化，学习中原文明。为此，辽太祖耶律阿保机还要求每年祭拜孔庙、道观和佛庙，连建筑风格都模仿了汉人的样子，后来还在澶渊之战中迫使宋朝变成了自己的"朝贡国"，因此这才自认为，他们才是真正的"中国"。

后来辽衰落了，金起来了。金人就是女真，就是后来满人的祖先。女真族在太祖完颜阿骨打的带领下打败了辽朝，又把宋人赶到了南方，占领了他们的首都，还把宋人每年对辽的朝贡占为己有，因此，他们认为，他们才是真正的"中国"。清朝康熙皇帝时，清军雅克萨之战打败了俄国，在《尼布楚条约》中，清廷也曾以"中国"自称。

就这样，争来抢去，这片土地上几番易主，但中国还是中国，以汉文化为核心，外来文化随着外族入侵而进入中原，在包容开放的环境里，相互交融，竟越发博大。也有人不愿尊重这文化，单以军事力量强行入犯，虽是成功了，可他们的政权，立不了多久，就被赶走了。

要说这种文明的特点是什么，大约要分为两个层面。一方面是具体的行政手段，另一方面则是抽象的思想认知。一个行政机构，一种行政方法，这本身都是具象的，两条路也许殊途同归，可一旦确定路线，就不得随意更改，自然也就等于否认了另一条路线。倘若走了一半，又向对方妥协，临时更换，那么换来换去，最终怕是哪条路都走不到终点了。

妥协不等于融合。这片土地上的人民深知这一点，社会体制、法规、行事手段一经确立，就不得随意更张，这具有强制性，必须经过充分的论证后，才能行事。可思想本身，只有境界高低，却没有对错之别，是抽象的。在决策中，确定要走的路只有一条，但在中国人眼里，这并不能证明，正确的路只有一条。一国繁荣富强，必然与其国家体制相关，但这不代表其制度可以惠及所有国家。

欧洲中世纪，有二百年的时间，基督教国家都在和伊斯兰教国家残忍厮杀，战争所以能打得惨烈，因为双方的士兵都认为，自己的神才是宇宙独一无二的主，认为对方都是"异教徒"。可是，更早的时候，在中国的唐朝，基督教的一支——景教，就来到了中国；由伊斯兰教发展出的回教，也来到了中国；除此之外，还有祆教、佛教，在不破坏中国现行体制的前提下，其思想，中国人竟可以全盘接受。

但是，当其影响到了社会的日常生产和生活时，后来的唐武宗，便用快刀斩乱麻的方式，把它们大都消灭了。

从春秋战国时的"诸子百家"，到秦汉两代的"大一统"，这个过程本身，就充满了中国文化的特色。道路未经确认，就要抬着头看路，选择就是多的。方向一经确认，就要低着头走路，这路，就是最为优先的选项。

可这并不代表走路的人，已经否认了其他的路。秦始皇用力过猛，觉得儒家没什么用，就上演了一出"焚书坑儒"，结果激发全民愤怒，最后给自己的政权埋下了祸根。汉武帝独尊儒术，可他很聪明，"罢黜百家"而不灭百家。在行政上，他用儒家的秩序、理念治理国家，因为他的政权，经历了内忧外患，需要的是稳定和秩序。在认知上，却并没有直接否认其他学派的思想。

"中国"的本质，代表着这种文明的开放性，"王侯将相宁有种乎"，什么样的达官贵人，一旦出现了问题，就有可能被换人。如果外族比本族人做得更好，更能满足百姓的需要，甚至一样可以坐坐龙椅。而其建立在百家争鸣之上的思想根基，则围绕着一个"道"字展开了激烈的讨论。

所谓"道"，就是一个抽象的名词。道就是宇宙的最高信仰。学生继续思考着。在他的认识中，世界上大大小小许多国家都有各自对宇宙的认知，但更多都是具象的。比如，基督教国家认为上帝就是宇宙的最高信仰，要谈宇宙，首先要谈上帝，然后才能谈仁义，故有"因信称义"之说，意思就是，不论你是不是个善人，只要你不信上帝，你的善也是违背宇宙法则的。这种思维方式，就带来了两种信仰不可并存的尴尬局面。

可是中国的"道"字却截然不同，它是抽象的。《道德经》简单地总结为"吾不知其名，字之曰道"，意思是说，这个法则具体是什么，我也不知道，只是给它取了抽象的名字罢了。究竟谁合道，谁不合道？只要能为社会带来稳定，让人民过上好日子即可，并没有形式上的特别要求。

百家争鸣，正是在这样的一个大前提、大标准下展开的。那时候天下大乱，各说各话，于是孔子站出来了。孔子认为，"君子必古言服，然后仁。"就是说，一个人必须学说古人的话，穿古人的衣服，然后才能是君子。

因为在他看来，天下以前是不乱的，之所以乱，就是因为丢掉了前人早已设计好的礼仪和制度，找回来就不会乱了。可是他的话，墨子并不同意。

墨子嘲讽称，"古之言服者，皆尝新矣。"你认为学古人就能成君子，可你学的古人，在他们的时代，一切都是新的。结果，在乱局中，孔子的学生遍布天下，可是在政治上，他一直都没有成功。

到了秦王朝横扫六合，真正胜出的法家，是商鞅。商鞅虽然是因得罪了权贵而被车裂，死得惨了些，可是他的思想却着实起到了效果。他以严格的法律为手段，以改革为目的，嘲笑称"智者作法，愚者制焉；贤者更礼，不肖者拘焉"。

那个时代正赶上一场大变革，人口的上涨加上周室的腐败，带来了王室的衰微。到了后来，又出现了铁铸农器的普及，牛耕地的普及，这极大地改变了社会的结构。原先的社会，遵循的是"井田制"，这就是说，田地被分割成"井"字形，中间是公田，周边是私田，井田被分给各个领主，领主强迫庶民在此耕种，每年要向国家承担一定贡赋，且不得买卖或转让。但在新的生产条件下，随着效率的提高，完成了国家的任务，领主有了更多的精力耕种私田，这就导致了地方的私有财产，逐步大于国有财产，从而促使其经济、军事力量一并强过中央。因此，井田制显然就不够用了。

商鞅的变法，其中有一句阐明，他要"废田，开阡陌。"就是说，他要承认土地私有，废除前人土地禁止开发的条例，以私有土地向国家赋税的办法，替换过去耕种公田最后上交的老办法。于是，秦国的经济崛起了，又以经济为依托，发展了更加强大的军事力量，最终平定了天下。

孔子的名头，就这样，一直拖到秦朝亡了，汉朝立了，又轮到汉武帝即位后，依据当时行政所需，而被确立的。那个时候人们才发现，孔子的儒家学说，在太平盛世的时候，是很有用的。

从此以后，每到太平时代，孔子就会被搬出来，在国家的鼓励下，儒学更进一步发展了。久而久之，孔子的地位在人们心里越来越高，到了明朝成化以后，考试都变成了"八股文"，引经据典都必须出自四书五经，思想都不能偏离孔孟之道。

过去，少数民族入侵中原，对于探究中国人的文化诉求，还是需要下一番功夫的。可是到了满清入关的时候，似乎只要把儒学办好了，把孔子立起来，就仿佛抓到了汉人文化诉求的根。等到西方传教士再来到中国时，他们竟然发现，于中国人而言，孔子的形象，也仿佛一尊神像，孔子的性质，好似一尊产自中国的耶稣。

在中国"耶稣"的引领下，中国人的文化被缩小了。一个最能吸收外来文明的思维体系，反倒变得排外了。1793年，曾有位英国特使受其国王之命前往中国，愿以其先进科技换取中国的贸易市场，这个人叫作马戛尔尼。

当时的乾隆皇帝看不上他，认为他不遵循自己的礼数，是个未开化的"红发蛮夷"，也没资格和他的天朝上国谈什么平等。结果，半个世纪过去了，这个国家就用大炮轰开了中国的国门。后来的鸦片战争，所谓的天朝上国战败了。

在谈判的时候，清政府正式以"中国"为国名，与洋鬼子签订了《南京条约》。在这以前，"中国"只是一个文化概念，并不曾在正规的条约上被人运用。以前唐朝叫"唐"，清朝叫"清"，此时之所以会用在这里，只是因为战场上打不过别人，而带着些许自卑，在这丧权辱国的条约的汉语版上，表达一份内心的不服。可外国人并没看出什么优越性，在他们眼里，这就是一个国名，一个手下败将的称呼罢了。

当博大的中国文化，被她的后人逐渐缩小的时候，开放进取的中国人，就变成了守旧派。明朝初期，中国的军备力量和科技发明，都还遥遥领先，郑和开出去的大船，足以震慑全世界，可是，这些并没有反过来促进社会体制的变革，因为商鞅的形象从主流思想中被革除出去了。

国家的精英分子，受制于单一学派的束缚，全都变成了旧体制的维护者。没有社会的依托，所有这一切继续领先于世界的有利因素，就这样止步于此。直到大明没了，满人入关了，建立清政府，再到此时此刻，中国人落后了，而且不但受到白种人的欺负，就连同为黄种人的日本，也成了惹不起的强敌……

从思考中醒来，学生想起，四年以前，老师曾写下一部《新学伪经考》，之后一年，又写出了《孔子改制考》。对于这两本书，学生不得不佩服。他知道，孔子早已是中国人脑子里的"耶稣"，对于孔子的崇拜，甚至近乎于迷信。而他和他的老师，面对中国今日之积贫积弱，都深知改革的紧迫性和必然性，可对于积极变革的商鞅，却已没几个人会当回事了。

面对这样的困境，他的老师索性就锅下面，把孔子的形象重新包装，变成了改革家，在书中用看似缜密的逻辑和考据反复强调。

他说是两千年来的误传，把这个改革派人物，给变成了保守派。学生知道，这或许是让中国人理解改革的最佳途径。

1895年旧历二月十二日，这艘来自广东的客船，在天津靠岸了。老师又叹了口气，随后对学生说："走吧！"于是，师徒二人便匆匆离开了客船，朝着他们人生的舞台进发了。

他们记得，那一天，日本人已攻破了旅顺。

# 十九

1895年4月17日，春帆楼上，一支笔被拾起。随后，在这三千年未有之变局中，中国人，迎来了自己最为耻辱的一刻。一纸条约摆放在桌上。桌两旁的椅子，一排高，一排低。椅子旁的人，一排面带微笑，一排面色凝重。

随后，被拾起的笔又重新落下，端正地摆回原处，于是，条约的落款处，便留下了他的名字——李鸿章。

这就是《马关条约》。

随行的大臣们哭了。李鸿章陷入了久久的沉默。签下自己的名字，就意味着中国将把自己的辽东半岛、台湾全岛以及其所有附属岛屿割让给日本，还要先后分八次，共赔款二万万两白银，并开放沙市、重庆、苏州、杭州为对日通商口岸。

思绪中，辉煌了几千年的中国，因为自满而停滞了进取的脚步，因为科技的落后，被大炮轰开了国门，从此积贫积弱。1840年以来，中国人历经一次又一次的屈辱，中国的老百姓从未接触过白种人，中华文明的广度也并不曾扩展到遥远的西方，面对这样陌生的敌人，失败带给中国人更多的，是恐慌。

可中国人做梦也不会想到，多少年后，在这同为黄种人的日本面前，在这个弱国、小国，一个做了一千年学生的岛国面前，自己竟然也会败得如此不堪。这样的羞辱，中国人不能接受。

李鸿章知道，在这条约上留下了自己的名字，就是在历史的耻辱柱上，留下了自己的名字。他就这样强忍着内心的酸楚。那是他应得的苦涩。是他的一味媚上，把海军的费用挪给了颐和园；是他的自私和愚蠢，把北洋水师葬送在避战的指令下；是他的幼稚和天真，从一开始，就把战争的所有希望寄托给了外国的调停。他看清了清廷衰弱的事实，却并没有弄明白，这当今世界的道理，乃是弱国无外交。

他抬起头，恍惚间，一阵眩晕侵袭脑际。在谈判的时候，他的左颧骨中弹了。那时战争还在继续，日本人依然挥舞着拳头，扬言要获取更大的利益，否则必将南取台湾、北占京畿。双方僵持不下，但日本人掌握了主动。

在战场上，日军势如破竹；在谈判桌上，日本人组成了强大的智囊团队和缜密的情报机构；在宫廷里，他们君臣同心；在国会中，他们各党各派枪口向外。

面对共同的对手，他们不仅有多种谈判方案，有天皇和人民的鼎力支持，甚至还直接窃取了清廷的电报，从而早早地摸清了对手的底牌。而在如此这般的攻势之下，他们的对手，却只有一副年过七旬的肩膀。

3月24日，李鸿章就是在这种举国狂热中中弹的。当他乘轿前往馆驿的时候，那枚子弹沿着平滑的轨道，击碎了他的眼镜，打穿了他的颧骨，最后停在他的目下。所有人都陷入了惊慌。医院里，他的嗣子李经方抱头痛哭。随行的大臣们面色凝重。刺客被带走了。

狂热的日本社会，又陷入了一场来自天皇的震怒。伊藤博文眉头紧锁。在这谈判的紧要关头，他最为担心的，是这桩恶劣的事件，给日本在国际政治舞台上，带来的负面影响。所有人都怀着自己的心思，揣着自己的情绪，每一个人要么哀伤，要么心怀鬼胎。

清廷的官员不住地哭泣着，日本的上上下下，匆忙间，用最好的医疗设备、最好的医生、最为周到的服务，看护着这个重要的人物。而就在一天以后，他醒了过来。

那一刻，他的嗣子、他的对手、随行的大臣，在他面前，仿佛都在微笑，所有人都藏着属于自己的小九九。而在这微笑中，他却只是缓缓地伸出手，指尖落在那件沾满血的衣服上，冷冷地叹了一声：

"此血所以报国也！"

迫于国际政治的压力，他的枪伤使日本停止了继续侵略的脚步，却怎能洗净这三千年来从不曾有过的耻辱！谈判桌两侧的椅子，一排高，一排低，那是来自这做了一千年学生、数次战争的手下败将，最为露骨的嘲讽。

谈判的尾声，他曾像个孩子那样，苦苦地哀求，求对方在和约的条款上，再通融一点，在赔款的数额上，再减少一点，哪怕就当是为他留一点回国的旅费。但也许他自己也如明镜般清楚，这最后的哀求，只能换来他的对手，一阵冷冷的摇头。

1895年4月17日，当他用颤抖的手，将自己的名字，永远、永远地钉在这历史的耻辱柱上时，在那阵眩晕中，他看到，他的对手，那个冷冰冰的伊藤博文，终于露出了满意的微笑。

在大臣们的泪水中，他陷入了久久的沉默。在中国历史的长河中，那是一阵令人痛心的微笑。它深深地刺痛了中华民族的神经，撕碎了中华民族的尊严。在许多人的眼中，这一切，都标志着辉煌的华夏文明，在今时今日，已输得一无所有。

# 二十

受尽了屈辱，李鸿章回国了。身为一千年以来，第一个败给日本的中国高官，这口气，他难以吞咽。在回来的路上，他发誓，终身不再赴日，以表达自己内心的愤怒。但这愤怒中，却又隐藏了太多太多的无助。日本不是他的祖国，那里有暴躁的刺客，有冷酷的对手，还有一排矮人一头的椅子。可是，抬头望去，陆地越来越近了，他的祖国就在眼前，可在他心里，又生出了更多的不安。

1895年5月2日，北京城里一千三百余名前来参加会试的举人闹了起来。他们都是各省来的举人，是经历了多年寒窗的读书人，是真正的知识分子。他们一生的苦读，都是围绕着家国天下的信念进行的。

在这积贫积弱的岁月里，面对西洋鬼子的坚船利炮，他们本已是忧心忡忡。4月15日，当《马关条约》即将签订的消息传回国内时，他们的信仰似乎轰然倒塌。

人们痛心疾首。当听说《马关条约》中议定，要将台湾割让给日本人的时候，一位来自台湾的举人再也忍受不住，像个孩子似的号啕大哭起来。历朝历代的兴衰更迭，都沾染过读书人的眼泪，这三千年来未有过的耻辱，让所有这些学子，在迷茫中，找不到光明的路。于是，在这国耻面前，所有人都哭了。

就在这时，一个身影站了起来。在学子的泪光中，他感慨着："眼下我大清已穷途末路。列祖列宗的脸面，早已被丢光了！"他的话，催生了更多的酸楚和更多的眼泪。在这酸楚与泪水的交融中，他摆了摆手，直起身子，大声高呼，"若想脱胎换骨，却还有一条路，摆在朝廷的脚下，也摆在你我读书之人的脚下！"

话音未落，学子们从哭泣中，安静了下来。他环顾四周，看到在那一刻，每一个人的表情都仿佛凝固了。于是，他清了清嗓子，大手一挥，喊出两个响亮的字：

"变法！"

当李鸿章重归故里的时候，北京城里的愤怒，依然还未散去。诅咒、谩骂，千夫所指。他深知，这留在中国人心底的伤口，在未来的历程中，不论经过怎样漫长的岁月，都终将难以平复。1895年5月2日，1300名学子盘踞不去，联名上书。那画面，他并未亲眼所见，却在往后的许许多多个日夜，残留于脑际，投射在梦中。

这，就是"公车上书"。在那残酷的岁月里，在那莘莘学子的悲伤中，有个人毅然决然地站了出来。早在1888年，他就曾利用来京参加顺天乡试的机会，向朝廷上书一封，那时他就曾预言，蕞尔日本，终将超越中国，跻身世界列强。

他直言不讳，痛陈时弊，声称唯有变法维新，才能拯救中国。

可是，这番肺腑之言，皇上并没有看到。大臣们拒绝了他的条陈，从此再无下文。那时没什么人了解他的底细。

1858年，他出生于广东，二十二岁时就曾游历于香港。那时候香港早已沦为英国的殖民地，在国恨家仇中，他发出一声惊呼：

薄游香港，览西人宫室之瑰丽，道路之整洁，巡捕之严密，乃始知西人治国有法度，不得以古旧之夷狄视之。

从那以后，他带着一种文人特有的责任感，在昔日孔孟之道的基础上，开始了一场对西方文明的探究。他并不懂外文，他所阅读的外国图书，都是翻译版的。但这无碍于他思想的生成。就这样，在传统文化与西方文明的碰撞中，他开始形成了自己的体系。

他开始认识到，这个老旧的国家，已经到了不得不变的境地。可是，在两千多年孔孟之道的熏陶下，这里的人民，早已习惯了每日的墨守成规，孔子的地位，从春秋战国时被冷落，一直被推到类同于宗教领袖的高度。在这样的社会环境下，谈及变法，又是何等地艰难。

但他偏偏想要迎难而上。1891年，他在广州开设"长兴学堂"（即"万木草堂"的前身），广招学生。在这里，他收获了自己最得意的弟子。这个学生，叫作梁启超。他还先后写下两本书，一本叫作《新学伪经考》，另一本叫《孔子改制考》，两本书都试图推翻历朝历代对孔子的解读，事实上，就是用看似缜密的逻辑，把这个历史上的守成派，包装成了改革派。

纷纷扰扰中，他的祖国愈加衰落，他的弟子却越来越多。他的名声愈加远播，可身为读书人，看着国家江河日下，他内心的愤懑，却也越积越深。

于是，当丧权辱国的《马关条约》上，即将留下中国代表的签名时，1895年4月15日，在痛哭流涕的学子中，他站了出来。他告诉大家，当务之急，唯有痛革弊政，变法维新，才能自立自强，跃居世界先进国家之列。

在学子们的支持下，他挥毫泼墨，痛陈万言书，请求朝廷停止议和，以迁都之策与入侵者展开对抗。万言书还要求朝廷痛下决心，改革政治，改革军事，改革经济，以求自强。

5月2日，都察院门前，一千三百名学子盘踞不去。万言书上，有每一个学子的签名，而在所有这些签名中，唯有他的名字，最为引人注目。

那个名字，叫康有为。


北京城里的愤怒，依然还未散去。学子们的眼泪，依然悲伤地流着。当李鸿章重归故里，从一份耻辱，踏入另一份耻辱中时，"卖国贼"的称呼，早已塞满了他的耳廓。

战争之后，有人悲伤，有人沮丧，有人在耻辱中度日如年。在"卖国贼"的称呼中，在举国声讨中，在朝中大臣的明争暗斗中，慈禧太后没了往日的威风。动用了三千万两白银准备的大寿，并没有按照她的计划顺利进行。

1894年11月7日，颜面尽失的太后下令取消了热热闹闹的场面，最终只是在宁寿宫里，黯然地吃了顿饭。全国的老百姓，全都将这国家的腐败和堕落，安在了李鸿章一个人的头上。那副年过七旬的肩膀，在经受了日本上下万众一心的蹂躏后，却还不得不在沉默中，面对祖国四万万同胞的挞伐与唾弃。

喧嚣尚未散尽，5月6日，会试的榜单揭晓了，康有为在新科贡士中名列第五。5月15日，他在紫禁城的保和殿里参加殿试，没过多久，他再次脱颖而出，摇身一变，就成了进士。进士，是科举考试的最高等级，考取了进士，就意味着入朝做官，跻身士大夫行列的梦想成为可能。

先前的"公车上书"，最终因都察院官员拒绝递交而草草收场，但在这次小小的失败面前，这个胸怀天下的读书人，却已在隐隐间，预感到了大大的成功。

就在这喧闹中、埋怨中、愤怒中、悲伤中，李鸿章掐指一算，在直隶总督的位子上，他已坐了整整二十五年。二十五年，此时此刻，这段漫长的人生经历，于他而言，于他的国家而言，是多么的讽刺与辛酸。

他想起，在这场声势浩大的洋务运动中，他和他的老师曾国藩，都曾被称为与洋人打交道的专家里手，最终，却又在这无情的现实中，留下了头顶上的千古骂名。

往后的很长一段日子里，他都没有机会再次前往旅顺，前往北洋水师曾经驻扎的基地，也不曾感受那天的博大，那海的辽阔和回荡于那天地间，一声声令人愉悦的赞美和奉承，或是带着一股自大，默默念叨着"大清国洋务运动的巅峰，就是李鸿章；李鸿章的巅峰，就是北洋水师"。所有这一切，都随着夏季烦闷的风，被吹散了……

二十五年的历程，就这样结束了。谁也不会想到，二十五年后，当年风光无限的他，却要面对如此这般的狼狈。那天，在朝廷中，翰林院代递六十八人连衔折，弹劾了他。光绪皇帝下旨将他革职，至此，朝廷把他投置闲散了。

狡猾的慈禧太后，在这风口浪尖上，聪明地选择了退让。她停止了对朝政的过问，把光绪皇帝推到了前台，自己匆匆忙忙地藏在颐和园里，享受着美轮美奂的奇景，躲避着举国上下的怒火。宫廷中，新一轮的争夺拉开了序幕。

在战争的惨败过后，她难免也会有些手足无措。在她心里，李鸿章是她权力网中重要的人物。可她知道，眼下，就算是她本人，也确实做不了什么了。

于是，她只好下令叫人为对方收拾了一间屋子，以便这被革职的中堂大人在北京能有个住处。李中堂谢过太后，便带着随从和家眷，依着朝廷指示的路线，穿过一条"冰碴胡同"，来到一座寺院的门前。

时空流转，匆匆间，已是1901年。同一座寺庙外，同一个老人，同样的落寞，同一份凄凉。从回忆中醒来，现实中，他停下脚步，他的随从，随行的大臣，也都停下了脚步。

他想要说些什么，可是，话到嘴边，却又咽了下去。此时此刻，四面八方，都充斥着洋人的脚步声。他抬起头，长长地叹息着。眼前，一块牌匾横在当中。牌匾上，三个潇洒的大字，仿佛已在岁月的打磨中，变得黯淡无光。

这三个字是"贤良寺"。

## 二十一

那是一段特别的回忆。当他在回忆中睁开眼睛时，时间已来到

1896年。这一年，他出国了。甲午海战以后，他曾前往日本。但那毕竟还是在亚洲，那场出行，是屈辱的，是不齿的。而今，无官一身轻的他，顶着一个"文华殿大学士"的虚名，整日游手好闲，却终于获得了朝廷的批准，允许他带着出访的任务，到真正的西洋去走走、看看。

他高兴地说："一辈子照猫画虎，这下，终于能见到真老虎了！"就这样，在随从的搀扶下，他登上火车，驰向了远方。他们的第一站，就是北方的沙皇俄国。

他记得，这有关出国的念头，本是源自这一年春夏之交时的一次对话。那时候，他曾带着二十五个年头的漫长记忆回到天津。昔日的过往已成烟云，"卖国贼"的骂声，也已逐渐散去。昔日的军营里，如今全都换了人物。回想起身为直隶总督的时光，他不由得发出阵阵感慨，生出几滴热泪。

就在这泪光中，一个熟悉的身影出现在他面前。他连忙回过神来，压抑住情绪。只见来人向他行了个礼，大喊一声："中堂大人！"于是，他露出了微笑。片刻之后，他已手持烟锅，坐在椅子上，叉着腿，开始吞云吐雾了。

那个人，就是袁世凯。

一直以来，在李鸿章眼里，袁世凯都还只是个"娃娃"。虽然他当年驻军朝鲜时，曾成功地镇压了"开化党人"叛乱，但这个

"娃娃"的言语，在他心里，终归还是略显稚嫩。也许这种认知不仅存在于李中堂心里，一直以来，整个大清朝的文武百官，也都这样认为。

甲午战争期间，这"娃娃"就曾提议，朝廷应任由他来编练新式军队。可是他的话无人问津。那时候，他只不过是个负责后勤的小人物。

1895年，当《马关条约》的屈辱换来举国上下的齐声讨伐时，他终于坐不住了。于是，这一年5月7日，他决定把自己多年以来在军中所看到的腐朽和弊病一一列举，上书朝廷，总结得失，提出了一整套整顿旧军、编练新军的计划。

他的奏折落到了军机处一位"清流派"大臣的手里，这个人物叫作李鸿藻。那时，战争之后，在三千年未有之变局的影响下，朝中的风气发生了变化，先前的保守派、洋务派，在这国耻之中，竟全都变成了改革派。

李鸿藻认真读完了这份奏折，对其中的内容，颇以为然。变革的呼声不绝于耳，在很长一段日子里，都成了这个国家的主流。就在这样的大环境下，这位"清流派"的大臣，一改往日保守大臣看不起西洋事物的惯例，竟选择主动奏请朝廷，把袁世凯调进了督办军务处。

这一年，袁世凯三十六岁。说是调进了军务处，但事实上，这个部门本是战时为了统一节制各路统兵而设立的，战败以后，这里并没有太多实际的差事可办。可这个李中堂眼里的"娃娃"，却并不曾就此沉沦。

他灵机一动，租了个住处，又找来一帮人，帮他又是翻译，又是编撰，没过多久，竟依照西例，整了一套兵书。书中所言，练兵要则、军饷制度，无所不包。

他还结合自身经验，总结了一整套适用于中国军队的军事思想，洋洋洒洒书写了12卷治军之作。书成之后，他马不停蹄四处分发，从亲王到大臣，趁着那股改革的风气，所有手握重权的人物，几乎都阅读了他的作品。

就这样，一夜过后，朝廷之内，"袁世凯"这个小人物的名字，竟转瞬间成了一股潮流。几个月后，他收到了佳音。他的兵书得到了恭亲王奕䜣，庆亲王奕劻，军机大臣李鸿藻、翁同龢，以及兵部尚书荣禄的一致认可。12月8日，所有这些亲王、大臣忽然史无前例地联名上奏，保举这个"娃娃"依其新法，在天津小站创建新军。

就这样，他迈开了人生中重要的第一步。

1896年春夏之时，曾担任过二十五年直隶总督的李鸿章故地重游。在昔日的军营里，他遇见了以前印象中并不成熟的"娃娃"。这个"娃娃"毕恭毕敬地把这位老上司、老前辈请进屋里，敬上水烟，开始汇报他练兵的成果。

面对这个意气风发的晚辈，李鸿章不禁感受到对方心里正在涌动的力量。只是，在这烟雾缭绕中，在这个曾写满了辉煌的故地，那些过往的记忆，却又不知不觉地，重现在他眼前。

他已经七十多岁了，当北洋水师在耻辱中全军覆没的时候，他这一生的荣耀，也终于随之消散。看到眼前这个自信满满的"娃娃"，他不禁感到一阵黯然的忧伤。他觉得自己似乎还可以做些什么，但在这个晚辈面前，他却又觉得，自己似乎什么也做不了。

他想要出国的念头，就是在这时生成的。他从这个"娃娃"嘴里听说，德国的克虏伯炮厂研制出一种新式大炮。这种大炮可用电动机械起吊，并装填炮弹，炮架前还增设了一种先进的液压系统，炮身可360度旋转，炮口亦可上下调整……

袁世凯热情地讲解着，李鸿章认真地倾听着。就这样，那伴随了他二十五年洋务运动的激情，又一次被点燃了。谈话中，这个风烛残年的老人陷入了沉思。他为朝廷办了一辈子的洋务，却一直都是照猫画虎，可那真正的老虎，他从来都不曾见过。去见一见西洋的真老虎，那是他一生的梦想。

就这样，几天以后，带着那份重新点燃的激情，这位七旬老人，又一次跪倒在慈禧太后的面前。太后笑了。面对自己权力网络中的大臣，这个阴毒而狡猾的女人，也并非总是绷着脸。

李鸿章记得，他们主仆之间说了很多话，大概是跪得太久了，又或许是因为年事已高，到最后，他居然难以起身。不过，在那一天，这些琐事，都无法阻挠他油然而生的好心情。言语过后，太后不仅恩准了他的请求，而且专门给他安排了一个重要的任务。

于是，1896年夏天，这个历经二十五年洋务运动的七旬老人，终于在随从的搀扶下，生平第一次，踏上了前往欧洲的列车。

他们的第一站，是北边的沙皇俄国。

# 二十二

把首站选在俄国，是当李鸿章跪在地上的时候，太后抽了一口烟后拿定的主意。当时，俄国沙皇尼古拉二世即将举行加冕典礼，朝廷正找不到一个合适的人选去参加。太后吐了一口烟雾想，在世界各国政府的眼里，中国似乎只有这么一个开明的人物。

于是，太后叫了声"小李子"。大太监李莲英毕恭毕敬地走上前来，接过了她老人家手里的烟锅。

太后把腰板挺得笔直，换了个姿势对李鸿章说："不管怎么说，这俄国人还是帮助了咱们，咱们就是要让人知道，谁帮助过我大清，我大清就不会亏欠了谁！"

这话，太后不是对李莲英说的，可做太监久了，这"小李子"对她的每句话，都由衷地感到崇拜，总是情不自禁地在一旁默默点头。

李鸿章瞥了他一眼。事实上，这三人中，对于俄国人的"帮助"，恐怕也只有李鸿章本人有所了解，甚至可能连他也不过是一知半解。《马关条约》以后，日本人割走了辽东半岛，但俄国人突然跳了出来，要求对方把吞进肚子里的土地给重新吐出来。

紧随着俄国的，还有法国和德国。这突如其来的情况把日本人吓了一跳。首相伊藤博文和几个核心幕僚召开了一场紧急会议，几个人做了一道算术题，发现三国派往中国的军舰，加起来共有12万吨，经过了前一轮战争的消耗，日本已远不是对手。

就这样，经过一番商议，精于算计的日本人最终决定，向中国讨要三千万两白银，以换回辽东半岛的所有权。

于是，朝里生出了一种观点。这种观点大概早先是由皇帝的老师翁同龢提出来的。俄国干涉辽东半岛问题，让这位整日与仁义道德打交道的"清流派"人物心生好感。于是，他提出，"大清国如今积贫积弱，此次事件表明，俄国人还是靠得住的，日本人反倒成了危害，倒不如'联俄抗日'，以取自保为上"。

他的观点得到了不少朝臣的赞同。那个时候的大清国，是真的陷入了迷茫。保守派中那些不是过分顽固的人物，都已经开始转变了思路。洋务派的张之洞提出了一模一样的观点。新一轮的议论声逐渐在朝中占据了主流。过去"以夷制夷"的外交策略，这时愈加明确地转变成了"结强援"的路线。就这样，这议论声传到了慈禧太后的耳朵里。

战败以后，光绪皇帝已经真正地走上了前台，可他批阅的重要奏折，都还是得让太后过目的。太后看完了奏折，心里揣摩着，"这洋人，看来也不全是坏的。"就这么寻思着，没过多久，她就又看到了沙皇尼古拉二世即将登基加冕的消息。

太后认为，这俄国人帮助了咱们，咱们也不能亏欠他们。所以她交给李鸿章一个任务，要他代表清廷，参加俄罗斯沙皇的登基加冕礼。除此之外，还要他负责跟这个北方的邻居，私下里签订一份条约。

就要到达莫斯科了。听说李中堂要走访沙俄和德国，其他国家也终于坐不住了。于是法国、英国、美国纷纷效仿，邀请李中堂前来访问。

就这样，一场德国之行，变成了欧美之行。对于三国干涉还辽的动机，李鸿章内心多少是有所了解的。俄、法、德早已对辽东半岛垂涎三尺，自己都还没有行动，又怎么能让日本人抢了先？

洋务派的外交策略是"以夷制夷"，事实上，就是基于整个国家对列强毫无反抗能力的基础之上的。这种思想来源于早先的大臣林则徐和他的好友魏源，为避免招致灭顶之灾，中国不得与单一敌人展开对抗，而是要主动引入更多的敌人，让列强与列强之间相互争夺，如此一来，则强敌无暇他顾，中国可趁机图强。

洋务派确实这样做了。李鸿章就是在这样的大战略下，办了二十五年洋务，最终，那洋务运动中最杰出的作品——北洋水师却还是在那么一场甲午战争之后，全都沉入了大海。中国人"自立自强"了几十年，就强出这么一个结果来，思来想去，除了暗含着讽刺的意味，倒也还真的有些悲凉呢。


火车进站了。李鸿章第一次踏上了欧洲的土地。慈禧太后交给他的任务，就是要和这个国家签订一份密约，以此在两国间确定一种特别的关系，从而达成"联俄抗日"的政治目的。

几个月后，一面是沙皇隆重的加冕礼，一面是谈判桌前态度严肃的俄国官僚。谈判桌上，李鸿章仿佛又重新找回了自己当年的威风。经过几轮谈判，他得到俄国官员一笔私下的贿赂。对此，俄国人保密的态度是极为明确的。

李鸿章并没有拒绝。那时候的他，也许并不因此感到不安。在他眼里，对于他的祖国，这场谈判，他是立了功的。很快，一份《中俄密约》签订了。签订之时，李鸿章仿佛扬眉吐气，自满地叹道，"此约可保二十年无事，总可得也！"

因为条约的前两款，中俄两国就已针对第三方的军事威胁结成了同盟。他认为，这是摆在大清国眼下最为重要的问题。可他并没有弄明白的是，为了换取这个目的，他代表中国，把在东北地区铺设铁路的权力拱手让给对方。更为要命的是，密约中还确定，俄国人同样有权把他们自己横穿西伯利亚的远东铁路，连接到这条铺设在东北的铁轨上。

当李鸿章手持烟枪，面带微笑，转身离开的时候，在他身后，俄国的官员，也悄悄地笑了。

那笑声中仿佛掺杂着某种嘲讽的意味，好像是在说，"这个老头，办了二十几年洋务，竟还是这么糊涂。"

# 二十三

当拥有十万员工的克虏伯炮厂出现在李鸿章眼前时，他带着满脸的惊叹，目睹了袁世凯口中那种新型的大炮。他不由得感叹说："若能从这巨大的火焰中，取得一粒火种，我大清如今的面貌，或可有所改善。"

时光如梭，昔日威震东亚的北洋水师，如今早已不复存在。带着一阵感伤，一个叫作伏尔铿的造船厂向他敞开了大门，那就是制造"定远"号和"镇远"号的地方。

一阵来自记忆的苦涩催生了他的泪水，二十五年的辛苦，望着天的博大、海的辽阔，一切都仿佛只是一朵白云、一朵浪花，一阵风吹来，不论如何晶莹，最终都只剩一地凌乱。

但所有这些所见所闻，也许都将很快被他抛之脑后。很多年前，他就曾听说，在西方的世界里，住着一个铁血的宰相，这个人手腕强硬，智谋过人，在他的力挽狂澜下，一个积贫积弱、四分五裂的德意志，逐渐走向了统一，成为令全世界都有所忌惮的强大帝国。这位宰相，叫作俾斯麦。

他还记得，当年美国第十八任总统格兰特访华时，大概是为了拉近彼此间的距离，或许是一种客套和礼貌，他在见到李中堂时，也曾形容说，李中堂就是"东方的俾斯麦"。

李鸿章倍感荣幸，却不曾想，此时此刻，当他来到这个强大的西方国家时，他竟然能够有机会，亲眼见到那位真正的俾斯麦。

只是铁血宰相已不再铁血。八十二岁高龄的俾斯麦先生因为反对皇帝，此时已赋闲在家。当这来自东方的"俾斯麦"，和这身居西方的俾斯麦相互拥抱时，李鸿章的内心，却又平添了几分焦虑。

他不明白，同是四面为列强所环绕，同是积贫积弱、破败不堪，和那辽阔的大清帝国相比，这令全世界都尊敬的老人，又是怎样力挽狂澜，将小小的德意志，改造成如今的模样？他不知道，俾斯麦也没有明确告诉他。

这位昔日的铁血宰相只是笼统地对他说，一个国家的强大，最为重要的是君臣一心。李鸿章深深地点了点头。在这一刻，他忽然想起一个人来，那就是醇亲王。

为了保护自己的亲生儿子，他不遗余力地和太后周旋。一个国家的兴衰，就在这样无休无止的周旋中，被弃之脑后。颐和园修好了，可这祖宗的基业，却在失败中，走向更大的失败，在耻辱中，走向了更大的耻辱。

"君臣一心"，谈吐间只是一句简单的话，可在那深宫之中，却是顽固派、保守派，还有各式各样的团体，一同堵在眼前的墙。也许除此之外，对于那些太过先进的治国理念、国家政体，李鸿章并不真的明白，但对于俾斯麦这一针见血的言辞，他却颇以为然。

俾斯麦听说，昔日日本刺客射进他左颧骨中的子弹，至今依然留在那里，于是友好地告诉他，如今，在这强大的德意志，他们的科学家已经发明出一种用来照射骨头的机器，那就是X光机。

他很乐意为自己的中国朋友，照一照他的骨头，看看有没有方法，能把那枚子弹给取出来。李鸿章表达了自己的感谢。只是，在这感激之余，他却又一次陷入了沉思。

两个老人再次拥抱在一起。一位是"东方的俾斯麦"，一位是真正的俾斯麦。他们都曾面对一个贫弱的国家，他们都曾是这个国家的脊梁、一个民族的依靠，他们都曾为自己的祖国耗费了毕生的精力。

可是，几十年过去了，留给俾斯麦的，是他身后无尽的荣光。

他的祖国崛起了，成了科学发明和工业技术的佼佼者，是西方列强中屈指可数的强国。而留给李鸿章的，却是一支全军覆没的舰队和一份三千年未有的耻辱。

李鸿章又一次登上了火车。他对俾斯麦说，希望在对方九十岁生日的时候，他还能有幸赶来祝贺。俾斯麦轻轻地点了点头。或许这只是一种美好的愿望吧，但俾斯麦异常感动。火车开动了，铁血宰相冲着这位远道而来的客人，敬了一个军礼，而后就那样目送着火车，渐渐驶出视线……


离开德国，李鸿章来到了荷兰，来到了比利时，来到了法国，也来到了英国。大英帝国的皇家海军，才刚刚结束一场演习。在那博大的天空下，在那辽阔的大海中，金色的黄昏，涂抹着朴茨茅斯港的海岸线。

他驻足于此。夕阳下，74艘各式军舰闪闪发光。他想起，在很久很久以前，久到那个属于意气风发的青年时代，他曾登高望远，将满腔的志向写在诗中：


丈夫只手把吴钩，意气高于百尺楼。

一万年来谁著史，三千里外欲封侯。

那一年，是1843年。那一年的中国，第一次与西洋白种人签订了耻辱的条约。那时候，李鸿章正在准备参加顺天乡试。三千里外的广州，英国人正在随心所欲地把鸦片输入中国。心高气傲的他，曾以为凭借自己的才学，终将为这大清国一雪前耻，重现昔日的辉煌。

然而，所有这些浪漫的遐想，在时光的流淌中，终于还是化作一缕微光，躲在夕阳的余晖中，一点一点消逝而去。当这大英帝国的强大舰队真的停靠在他眼前时，他笑了。他自嘲说："昔日竭尽心思，靡尽财力，我北洋水师方才勉强成军。而今视之，又岂止是小巫见大巫。"


回忆停在1896年8月31日。当李鸿章在年轻的美国，结束了自己的访问时，他恍然想起，这匆匆的时光，已在五味杂陈中，过去了整整17年。他提议要去看一个人，而那个人，此时此刻，正静静地躺在一副铁制的灵柩中。那就是第十八任美国总统格兰特先生。

李鸿章依然记得，当年这位朋友在访问中国时，对自己所讲的那席话。他曾说同为黄种人的日本，应是中国学习的榜样，可在1885年，他就去世了。十几年后，他的忠告，竟不幸应验，最终变成整个国家、整个民族久久挥之不去的痛。想到这些，李鸿章恭敬地转过身子，面朝灵柩，悲伤地叹了一声："别了。"

格兰特夫人将一根手杖递给了他。他认出了那根手杖。夫人微笑着说："总统的人民，已经接受了他的请求。"

李鸿章伸出老迈的双手，颤抖着接了过去。在这一刻，他再也无力掩饰内心的感动，缓缓地落下了眼泪。对这个年过七旬的老人来说，那不仅是一份穿越了十七年的承诺，更是这残酷人生中，那"卖国贼"的骂名下，一丝仅存的尊严。

轮船出港了。西方的世界，不论多绚烂、多精彩，终将被他抛之脑后，也终会消失得无影无踪。他的祖国，不论多悲凉、多腐败，也终将是他出生入死的地方。

他无法回避。

也没有人能够回避……

# 二十四

1895年夏天，翁同龢第一次见到了康有为。对于这个年轻人，他很早就留下了印象。七年以前，康有为就曾给朝廷上书，但那时，他还只是个人微言轻的小老百姓。那时他就曾预言，蕞尔日本，终将超越中国，跻身世界列强。

那一年，醇亲王正在向太后献媚，说要给她修一座园子。李鸿章正热火朝天地武装着北洋水师。朝廷里的大臣多数还很保守，而身为"清流派"的翁同龢，也恰恰就是这保守大臣中的一员。

当保守的翁同龢，看到康有为的条陈时，他只是莞尔一笑。一来，他认为，康有为只是一介布衣，实在不值得一见。二来，康有为所言，日本将超越中国，很有些危言耸听的意味。大概那时在翁师傅眼里，康有为不过是一介狂生，不足挂齿。

七年过去了，当翁同龢终于决定与他一见的时候，天下的一切都已大不相同。康有为所预言的，日本终将超过中国，在这时已成为事实。康有为本人也考中了进士，即将跻身于士大夫阶层，不再是个默默无名的小老百姓了。

这样一个有才、有名的人物想要见一见翁同龢，身为皇帝的老师、国家的重臣，他没理由不见。更重要的是，甲午战败以来，朝廷里掀起了一股改革的诉求，过去的保守派大臣，再也没办法按照以前的老路前进了，这时也思索起求变、求新的问题来。

"公车上书"失败后，康有为很不甘心，趁着自己考中进士的机会，再上一书，条陈所言，依然是痛陈时弊，请求变法。而这一次，大约正是凭借这天时、地利、人和，他成功了。

光绪皇帝自四岁登基，就一直生活在慈禧太后的阴影之下。打仗以前，老太太当着天下人的面作威作福，仗打败了，大清国被日本人一顿羞辱，她没面子了，想要逃脱责任，这才想起了谁是合法的主子，把皇上推到了前台。但她自个儿却躲了起来，跑到颐和园里继续作威作福去了。

看着自己的江山被糟蹋成这副模样，皇上怎能不着急。他经常和老师翁同龢私下里交流意见。但翁同龢毕竟是个传统学派的代表，谈做人、谈为官，这些他都是在行的。过去的中国，把全国的政治理顺了，国家就能兴旺，社会就能繁荣；可如今的中国，除了这些，还得想办法搞好洋务，学习西方的东西。对于这一点，当了两代帝师的翁师傅，也着实没了办法。

就在这时，一条有关改革的折子，被都察院转呈到了皇上的面前。条陈所言，谈钞法、谈铁路、谈机器、谈开矿、谈铸银、谈邮政、谈务农劝工、谈惠商恤穷，诸如此类，总之是富国、养民、教士、练兵，凡与改革相关，无所不包。

甲午之耻尚在心头挥之不去，读到这么一篇大作，光绪皇帝不由得眼前一亮，他自言自语："这不正是朕求之不得的嘛！"他一高兴，令人照抄了全文，精选了其中几条，打算隔日上朝的时候，下发朝中大员、各省督抚，要求他们按照条文，"悉心筹划，酌度办法"。

但这事，他还不敢私下决定。为了维护太后对政治的干预，军机处早在皇上亲政前夕，就制定了一套制度：涉及诸如简放大员及各项要差的问题，皇上要奏明太后，获批后才可施行。至于一些重要的朱批、口谕、电旨、折件等文件，皇上也不得不在第二天以前上报太后。

这个制度是否还有效？皇上思索了一阵，在屋子里来回踱起了步。但最终，他还是长叹了口气，下令军机处，先把条陈转呈给颐和园，等到他"亲爸爸"阅过了、批准了，这才在上朝的时候拿了出来。

朝会之后，康有为的名字一时间成了群臣议论的焦点。就这样，这个小老百姓从最初的人微言轻，到如今的高中进士，从开始无人问津，到一夜过后的声名鹊起，似乎一下子成了朝廷里的红人。那时候，他已经是朝廷正规编制中的一员，是工部候补主事。在这以后，他的条陈又被扣了一次，可在先前成功的光环下，他倒并没有感到沮丧。

登上高台，望着熙熙攘攘的京城，他恍惚间意识到，自己的手，似乎已隐隐触碰到了这个国家权力的核心。当大臣们都在议论他康有为的名字时，他觉得，是时候该大干一场了。

就这样，1895年夏天，翁同龢第一次见到了康有为。对于翁师傅而言，这个年轻人曾在七年以前预言到日本的崛起。也在七年以后，从一介布衣，摇身变成了朝中的官员。朝廷正是用人之际，而康有为又正是如今当红的改革派。皇上认可了他的改革意见，身为皇上的老师，翁同龢也没理由不多听听他的意见。怀着这样一种思绪，翁师傅友好地接待了他，甚至尊敬地称呼对方为"先生"。

而在康有为自己看来，经过前几次失败的经验，他也同样意识到，眼下若想迅速让朝廷接受他的主张，结识权贵、打通大臣，这些都是必不可少的。如今，看到翁同龢这样的大人物都愿意如此恭敬地迎接他，于是他更加坚定地认为，这条由自己发起的变革之路，已经越走越宽敞了。

　　1895年8月，北京的街头多了一份刊物，当时，这份刊物还被叫作《万国公报》。几个月过去了，到了11月中旬的时候，北京又多了一个全新的组织，这个组织，被叫作"强学会"。刊物也好，学会也好，它们都是康有为要"大干一场"的开始。有了名声，又得到了朝中大员翁同龢的支持，康有为觉得，自己的腰板也许已经硬了起来。

　　12月，他又把《万国公报》改成了《中外纪闻》，让他最得意的学生梁启超担任主笔。除此之外，他还准备在北京琉璃厂开设一家图书馆，馆内图书，多是从上海购买来的外国译作。所作所为，皆是为了传播西方文明，为他日后必定要走的路，进行舆论上的铺垫。

　　在强学会开设之时，康有为大笔一挥，写下"俄北瞰、英西睒、法南瞬、日东眈，处四强邻之中而为中国，岌岌哉！"中国本是四夷之中，最为强盛的"上国"，如今环顾四周，却仿佛一只被虎豹豺狼分而食之的肥壮绵羊，如此之为"中国"，康有为的讽刺之中，蕴含着一丝悲凉。

负责组织强学会的人物里，还有一位来自翰林院的侍读学士，这个人叫作文廷式。而他，正是翁同龢的学生。一时之间，凭着康有为自身的名气，更凭着朝中权贵的帮忙，再加上山河破碎的夜幕下，那抹凄凉的晚霞，强学会一经成立，各地官僚或者捐款，或者入会，一番热闹场景于是呈现在康有为的面前。

利用甲午战败的借口，翁同龢帮着皇上，把各地倾向于太后一系的军权，全都改革掉了。曾经的淮军、湘军、毅军，在这时，也被他一并裁撤，重新组合，交由几位皇上信得过的大臣分别统领。朝中势力的天平，正在左右摇晃。

骂名中，昔日风光无限的李鸿章失势了。一位与"清流派"交往甚密的大员王文韶，接替了他的位置。除此之外，军机处、总理衙门等枢要部门也都换了不少面孔。翁同龢认为，在这朝廷之上，经过了一番洗牌，皇上应该可以放手一搏、乾纲独断了。就这样，由于最为靠近权力的中央，翁同龢本人的号召力，相较于以往，也有所增强。

在强学会热闹的场面中，各地大臣纷纷附和，入会、捐款者络绎不绝，负责记账的伙计大声喊着前来捐款者的名字。湖广总督张之洞捐款五千两，两江总督刘坤一捐款五千两，还有顶替了李鸿章刚刚到任的王文韶，也一样捐款五千两。除此之外，有不少武将也捐了巨款。

在这热闹的场面中，康有为高兴得合不拢嘴，在他看来，变法维新的未来，今日是这笔银子，明日就将播散出去，成为一颗又一颗顽强的火种，散落在中华大地之上。

就在这时，记账的伙计又喊了起来。

"李鸿章，捐银两千两！"

热闹的屋子，顷刻间，全都安静了下来。前来拜会的名流们，站着坐着的学生们，这时全都转过头来，不约而同地看着他。康有为愣了一下，半秒过后，他才回过神来，连忙从椅子上跳了下来，快步走前去，大喊一声：

"'卖国贼'的银两，我不收！"

就这样，在这番热闹的场面中，强学会在很长一段时间里，都成了北京城里人们议论的一个话题。康有为觉得，没有收下"卖国贼"的银两，他保住了一个文人应有的气节。而在这长长的捐款名单中，有一个年轻人的名字，却一直都令他印象深刻。这个人当时并没有太大的名气，可此人对改革颇有一番兴趣，为了支持强学会，竟拿出了自己几乎一整年的俸禄。

康有为记得，这个人曾经主动找过自己，谈及家国天下，也曾激动不已。"俄国熊对我虎视眈眈，英法德蚕食我大清财富，美国鹰盘旋在我上空，蕞尔日本，如今也是野心勃勃。"说到对国家的忧愁，康有为觉得，此人与他实在算得上同道中人。想到这些，他点了点头，把单子上的姓名念了出来。

"袁世凯。"

# 二十五

在拜访康有为以前，袁世凯还曾拜访过朝廷里一个重要的人物。为了见到这个人，他先是通过自己昔日在北洋水师学堂的朋友，拜会了朝中的大太监李莲英，一番拉拢后，又通过李莲英的介绍，这才得以见到对方。这个人物，叫作荣禄，是个满人，出身正白旗，一家老小都是达官贵人。

袁世凯听说，此人很早以前就是太后的亲信，但后来因为违抗了太后懿旨，又收受了贿赂，结果被贬到了西安。有差不多十年的时间，宦海中，似乎都听不到他的名字。但在一年以前，在太后的寿宴上，他的身影，却又一次出现了。

对于那场寿宴的尴尬，慈禧太后内心是再清楚不过的。1894年年底，群臣正在为她祝寿，中国的领土上，日本人的军队，却已经势如破竹。大臣们的微笑是强装出来的。这一点，她也是知道的。前线的战报不时地传回后方，通过层层关卡，最后悄悄地传到皇上耳朵里。皇上眉头一皱，太后就看出了他的心思。老太太知道该怎样摆正自己的位置。开打以前，或是打一场胜仗，她都大可以号令天下，让众人唯她是从，可眼下，这战场的情势十分危急，中国军队节节败退。若她还像往常那般发号施令，恐怕这败给倭国的耻辱，就得让她老人家来承担了。想到这儿，她凑近皇上，用一种关爱的语调说，"皇上日夜为战事操劳，也要注意身体。"光绪皇帝顺从地回答了一句，"亲爸爸说的是。"

可是，这热闹、这关爱的背后，老太太的内心，是有些恐慌的。朝中一直就有着所谓帝党和后党之分，虽说表面上看，都对她恭恭敬敬，但她知道，此战过后，这股势力必定会抓住机会，对她的派系进行一番削弱和打击。就是在这样的大氛围下，她又一次见到了荣禄。

荣禄在被贬之前，一度把官做到工部尚书的位置。他还是个带兵的好手，在此之前，曾做过步兵统领，被贬以后，也一直都还是个西安将军。想到这些，在热闹的寿宴中，太后脸上的表情也终于自然了许多。寿宴结束的时候，老太太把荣禄叫到跟前。就这样，他被留在了北京。

战事进入了紧要的关头。慈禧太后不动声色，再次把荣禄调整到了步兵统领的位子上。后来，日本人的进攻愈加猖狂，朝廷为了统一节制各路统兵，成立了督办军务处。荣禄也跟着参与了其中的诸多事务。过了不久，他又在太后的操控下，得到了兵部尚书、总理衙门大臣的头衔，一跃成为朝廷里手握实权的重要人物。

老太太打着一手如意算盘。甲午战争结束了，《马关条约》签订了，太后权力核心中的头号人物李鸿章被拿掉了，她在地方军队中的诸多势力也被裁撤了，她本人也跑到颐和园里避风头去了，向着她的人会不会因为一场战败而倒戈，她还不能确认。年轻的光绪皇帝在老师翁同龢的帮助下，正一步一步走向乾纲独断的目标，此时正在和大臣们探讨着有关"变"的问题。1895年，康有为的条陈引起了他的注意。同样在这一年，袁世凯把自己编纂的12卷兵书四处发放。从亲王到大臣，在这迷茫的岁月里，却因他的兵书，而豁然开朗。

慈禧太后在各地方军中的势力，因为一场战争的失败，而大多被裁撤掉了。但那"身兼将相"的荣禄，光绪皇帝却并没有理由把他换掉。荣禄城府极深，性格中，带着一股圆滑和隐秘。在朝中，他并不轻易得罪谁，日常的事务，若不违背他所维护的原则，他不会轻易成为谁的掣肘。他也很想把国家的事给搞好，但有个框框，他坚决不会突破慈禧太后的权威。他知道，他的地位就是靠着慈禧太后得来的，而慈禧太后用自己的权威把如此高位给了他，他也同样得尽自己的力量，去维护太后的权威。

这样一个重要的人物，想要出头的袁世凯，自然是不会放过的。袁世凯几经周折，在李莲英的引荐下拜会了荣禄。

荣中堂对这个意气风发的年轻人很有好感，一见面，就连连赞叹说："你的兵书我都看了，写得很好。"

两个人相谈甚欢，临走的时候，说笑声都还在继续。那时候袁世凯还是个道台。为了自己的政治前途，他大胆结交权贵名流，像个赌徒一样四处下注，心想总有一条路子可以走通。

带着这样的思绪，当他听说强学会的消息时，他把自己几乎一整年的俸禄，全都捐给了康有为。在他和康有为相识的时候，他从这个书生满口的"变法维新"和家国天下中，弄明白了对方内心世界的某种浪漫主义思想，于是，他也跟着高谈阔论起来，"俄国熊对我虎视眈眈，英法德蚕食我大清财富，美国鹰盘旋在我上空，蕞尔日本，如今也是野心勃勃。"这话正是康有为内心独白的翻版。话音刚落，这位欲以"变法维新"拯救国家的文人连呼两个"好"字。

从那以后，袁世凯就成了他心目中的同道中人。

1896年4月，袁世凯又一次见到了荣禄。只是这一次，在他的军营里，荣中堂站在高处，俯视着他，漫不经心地把两只手背在身后。这样的时刻，着实让他感到有些恐惧。在一个老旧的世界里，想要搞出什么新名堂，并不是一件容易的事。在小站练兵还不满一年，各式各样的声音，就已经不绝于耳。袁世凯练兵格外重视纪律，对于违反规定的士兵，惩处起来，下手从来都是很重的。于是，风言风语就这样被传了出去，传到了一个叫作吴景桂的御史耳朵里。御史，就是负责监察朝廷大臣的官吏。他们常常会把官员们出格的行为写成奏折，上达中央，由此充当皇上的耳目，起到监督的作用。

袁世凯从自己在宫中的人脉关系里听说，正是这个御史，给他罗列了一长串罪名，如今已递给了皇上。没过多久，荣禄就来了。袁世凯之所以会感到恐惧，是因为他早早地得到了宫里朋友的提示，荣中堂此番，正是代表朝廷，来调查他的。

荣禄要调查的内容，在皇上的口谕里说得很清楚。御史参劾他"嗜杀擅权""克扣军饷""诛戮无辜"，除此而外，还说袁世凯总是"论情面多少馈赠多寡"，总而言之，就是一句话，"这个从朝鲜回来的年轻人行为粗暴，并没有带兵的能力。"

就这样，荣禄漫不经心地背着双手，出现在了兵营里的高台上。练兵场上的袁世凯吓出了一身冷汗。到这个时候，他都还不了解自己究竟被参劾了一个什么罪名。

荣中堂不动声色地观摩着战士们的队列、军容，一支部队怎样，他大致扫视一番，便已了然于胸。听着战士们整齐划一的口令，他侧过身，想要问问随行大臣的观感。一旁的大臣连忙回答说，他虽不知兵，但仅观表象，却可感受到新军气势如虹。

荣禄这才露出笑脸，诚恳地点了点头，以一个前辈的口吻回答说："此军远非湘、淮所能比拟，效法西洋，专练德国军操，是一支颇有实力的军队。"他注视着袁世凯的背影，不由自主地点了点头，坚决地说了句，"此人练兵得法，正是我大清难得的人才。"

就这样，荣禄离开了。袁世凯的冷汗还没有流完，荣中堂却已上书一封，全盘否定了御史的条陈。在写给皇帝的奏折中，荣禄带着鲜明的态度，称赞这个年轻人，是"将领中不可多得之员"。两个月后，围绕在袁世凯周围的弹劾风波，竟变成了一份来自皇上的嘉奖。

袁世凯喜上眉梢，一摸额头，冷汗总算散尽了。回想起此番事件，荣中堂所以能够坚定地站在自己这边，他认为，先前在李莲英的引荐下，他曾提前与中堂有所接触，这大概是原因之一。除此而外，中堂亲眼看到了他练兵的成果，心里必定是赞许的。在这两个事情上，他进一步往深处琢磨了一下。如今，大清正是到了用人之际，谁能把兵练好，谁就能获得朝廷的青睐，谁能把会练兵的人拉拢到自己的门下，谁就占有了更多的政治资本。他袁世凯已得到了荣中堂的认可，接下来的路该怎么走，这个年轻的政治家，也多少有了些数儿。

至于那个参劾了他的御史吴景桂，几天以后，便不明不白地死在了回家的半道上。

# 二十六

1896年年底，贤良寺外，已是一片喧嚣。康有为所创办的强学会，在北京才立足没多久，就在这年1月份的时候，被御史杨崇伊告上了朝廷，罪名总结起来，只有四个字，就是"结党营私"。究其原因，强学会喜欢在开会时揭批时政、褒贬他人，给中国人教授了多少有关洋枪洋炮的问题，这并不好说，朝廷也并不在意，可是从上一年的11月起，强学会的组织就发展到了上海，两地学会每到开会，群贤毕至，言辞犀利，直指时事，这里面的目的和用意究竟何在，朝廷里，却隐隐有人担忧起来了。

就这样，没过多久，北京的强学会遭到了查禁，从此被强行改造成了专门用来译制各国书籍的"官书局"，再也没有条件议论时政了。消息传来，康有为躲在屋子里破口大骂。可是骂声还没落下，消息又传了来，上海的强学会也遭到了查禁。他这下愣住了。他多少有些不解，他的强学会，直接上通着皇上的老师翁同龢，虽说翁师傅并没有以个人名义出面支持，但对于强学会，他在宫里，显然也是颇有些正面影响的。如此这番背景，怎么就能被一个御史的奏折给整垮了？为此，康有为私下派人打探了打探，这才恍然大悟，原来那个御史杨崇伊，正是李鸿章的亲家。

"这个卖国求荣的老朽。"了解了这么一层关系，他愈加愤愤不平了。

"卖国贼"李鸿章曾发誓，终身不再赴日。可他回国的路线，却又需要在日本换乘轮船。为了履行自己的誓言，在海面上，他下令随行人员将一块板子架在两船之间。随从照做了。于是，在风高浪急的海面上，在飞溅而起的浪花中，只见这年过七旬的身影，步履蹒跚却毅然决然地，从木板的一端走到了另一端。

李鸿章兑现了他的誓言。一个民族的屈辱无法因此而得到补救，他头顶上的骂名，也不会因此而被人摘去。但他认为，如此行事，能够使自己感到些许安慰。

船继续开动了，船缓缓入港了。就这样，1896年年底，这个一辈子照猫画虎的老人，终于在目睹了真老虎的模样后，回到了北京。贤良寺古朴的门打开又关上了。贤良寺内，是他万里之行后最为渴望的安宁。而这贤良寺外，那沉寂已久的社会，却已充斥着阵阵喧嚣。

喧嚣中，他的骂名已不再是人们谈论的焦点。一种全新的变法思潮，正在全国各地遍地开花。种子播散了出去，即便是遭到严厉的打压，依然会自行生长、冲破束缚。北京、上海的查禁并不能使康有为的热情有所减损，也并不能阻止这猛虎出笼一般的思潮席卷全国。

强学会虽遭到了查禁，可义愤填膺的爱国者更多了。他们的组织并没有缩小，反倒是在扩大。"俄北瞰、英西睒、法南瞬、日东眈，处四强邻之中而为中国，岌岌哉！"外患当头，内忧犹在。当这三千年的自尊转瞬之间消失得无影无踪时，越来越多的有识之士，向着康先生的号召聚拢了来。

就在这充满艰辛的一年里，康门中多了一个消瘦的身影。当时的北京城里，有个有名的镖局，叫作源顺镖局。它的创始人叫王正谊，是个从底层社会中闯荡出来的侠士。因为他在家排行老五，又练得一手好刀法，于是人们给他起了一个外号叫"大刀王五"。

大刀王五行侠仗义，行走江湖多年，各行各业的朋友无所不交。甲午战败之时，朝中曾有位御史上书力陈议和之弊，结果朝廷却不分青红皂白，将他革职戍边。当时，护送这位御史安全抵达边疆的人物，正是这大刀王五。大刀王五虽是个武人，是个十足的爱国者。据说，在他所有这些朋友里面，他最为要好的一位，却是个出身官宦的书生。

而此时此刻，就在这充满艰辛的岁月里，就在这处处遭到打压的康门中，这位书生将辫子向后一摆，大笔一挥，便在纸上写下了三个大字。

"谭嗣同。"一旁的梁启超，逐字念道。

喧嚣中，变法的声浪盖过了"卖国贼"的头衔。贤良寺内，李鸿章倒在躺椅上，带着一份思绪，独享着那安宁中的冷清。

初回国的时候，中堂就见过了皇上。他把国书、勋章，全都一并交还了朝廷。光绪皇帝点了点头，嘉奖了几句，他便匆匆离开了。他又来到了颐和园。太后见到他，先问了一声，俄国的事怎么样。他不无得意地讲解了《中俄密约》的内容，话音刚落，太后脸上就布满了笑容，她满意地说："今后倭人欺我时，总算还有个依靠。"

在太后的笑容中，李中堂似乎还能感觉出更深的意思。他估摸着，为太后办成了这件事，自己大概还是有被重新启用的机会的。可是，太后最终也只是抽了口烟，依然那样笑着要求他，再回去等等。他跪谢太后，接着转身离开。

几天之后，他的等待确实得到了结果，可这结果，却又让这位办了二十五年洋务的老臣，露出一脸的尴尬。他被朝廷任命为"总理衙门大臣上行走"。按照清廷的制度，总理衙门里的官，共分了三类：第一类是属于亲王、郡王和贝勒的，这是决策者。军机大臣、总理衙门大臣，这是主事者，是第二类。而这个"总理衙门大臣上行走"，是第三类，是没有什么实权的位子，就是人们笑称的"伴食宰相"。李鸿章笑着摇了摇头，暗自感慨。

顶着这么一个虚名，李鸿章沿着当年英法联军的路子，一路走到了圆明园。望着写满耻辱的残垣断壁，他又一次想起自己年轻时曾说过的豪言壮语。"一万年来谁著史，三千里外欲封侯！"如今真的到了夕阳西下的时候，望着天边的晚霞，他不由得嘲笑起自己曾经的无知。太难了。一切都太难了。茫然不知所措的日子里，曾风光无限的他，仿佛与这破败的辉煌，恰好融为一体。

就在这时，有官兵叫住了他。他愣了一下。原来他并不知道，在他离开的这段时间里，重新走上前台的皇上，已经把圆明园列为禁地。对于李鸿章的误闯，朝廷似乎并不打算通融。随后，带着满心的忧伤，他被罚了一年的俸禄。朝中的大臣几乎全部更换成皇上的亲信，李鸿章没有实权，也不愿插嘴，只是躲在贤良寺内，自言自语地回味着那趟欧美之行。

"我办洋务数十年，不敢说外人如何仰望，但各国朝野，也算知道中国有我这么一个人。他们有的愿意与我见见面，谈谈普普通通的事情。有的已经退居山林。但和他们交谈，却也还是一件乐事。"

说完，他又闭上了嘴。贤良寺内，于是重归于平静。

而贤良寺外的喧嚣，却已愈演愈烈了。

# 二十七

时间已是1897年11月15日。寂静的夜幕下，贤良寺的门，缓缓打开了。李鸿章拖着老迈的身躯走了出来。一顶轿子正在等他。在随从的搀扶下，他费了好大的力气，才坐了进去。而后，轿子被重新抬起，轿子内，他的脸上，焦虑中却掺杂着一丝得意的笑。

国难当头，朝廷又一次想起了他。甲午战败已成往事，马关之耻已是烟云，想要摘掉那顶"卖国贼"的帽子，他唯有在国家危难中，挺身而出，力挽狂澜。办了二十五年洋务，他渐渐了解到，中国之积贫积弱，绝非一朝一夕所能改变。在强国面前，弱国只有任其蹂躏。当初，他从老师曾国藩手里接下了"天津教案"的烂摊子，在那件案子里，中国人确实误会了洋人。可是这误会真的就是空穴来风吗？这误会真的就是因为中国人的"野蛮"吗？

几千年来，中国人安分守己，从不惹是生非。可是洋人多年以来在中华大地上的敲诈勒索，你不听我的，我就消灭你，你不学我的，我就殴打你，如此蛮横无理，又怎是常人所能忍受。这么多年过去了，这样的情况依然还在发生，来到中国的列强，比过去更多了，侵略者的军队比过去更强了。可是，那一股又一股反抗的力量，并不因此而有所减弱。就这样，时间来到了1897年。

这一年11月1日，在同样的背景下，在山东的巨野县，两名德国传教士遭到了谋杀，当场身亡。消息震惊了世界。山东大大小小的官员全都忙碌了起来。凶手最终遭到了严惩。可是，这一切都仿佛于事无补。

12天后，3艘德国军舰忽然停靠在了胶州湾。又过了一天，他们要求所有中国的守军全面撤退，否则后果自负。德国是整个西方世界一支飞速上升的力量，饱受了半个世纪的折磨，中国人对此早已心知肚明。朝廷中展开了一场议论，可弱国终归只是弱国，一个连蕞尔日本都难以招架的国家，又怎会有能力对抗这来自欧洲的强敌？

带着一份无奈，所有人都统一了意见，于是，光绪皇帝带着一脸忧虑摆了摆手，最终同意了敌人的要求。接着，在满朝文武的叹息中，德国军队跳下战舰，登上滩头，不费一兵一卒地占领了一个又一个有利地形。而后，驻扎于此。看上去，似乎不打算离开了。

那已不是德国人第一次和胶州湾联系到一起了。在欧洲大陆上，德国本是沙皇俄国最强劲的对手之一。可是1895年，在中国与日本签订《马关条约》之后，他们却主动接近俄国，一同商量起逼迫日本归还辽东半岛的事宜来。

面对中国这块肥肉，德国人知道，他们还没有能力和英、法、美、俄，这些老牌对手分一杯羹，但如今，这日本也想来夺食，他们终于不高兴了。跟着俄国、法国一同要回了辽东半岛，德国人总算松了口气。可随后，他们就盯上了胶州湾。

1896年12月14日，以干涉还辽"有恩"于中国为理由，德国人向清廷提出，他们要把胶州湾无条件地"租借"50年。但那一次，中国人拒绝了他们。一年以后，"巨野教案"震惊了世界。山东民众压抑已久的愤怒，再次成了洋人大做文章的工具。当3艘德国军舰真的停靠在胶州湾的时候，光绪皇帝退缩了。中国的军队根本就不是德国人的对手，如若与敌人正面对抗，留给以后的问题，恐怕还会越来越多。

就在这时，朝廷又一次想起了李鸿章。1896年，当李中堂出访欧美八国的时候，在首站俄罗斯，他曾以在中国东北修建铁路的筹码，换取了俄国人的庇护。当李鸿章向太后汇报了《中俄密约》的内容后，老太太曾高兴地捂着嘴说："今后……总算还有个依靠。"

就这样，在这个夜晚，贤良寺的门被打开了。手无实权的李鸿章，在随从的帮助下，费了好大的工夫，才终于坐进了轿子。随后，起轿，离开。轿子内，他的脸上，焦虑中，却掺杂着一丝得意的笑。

他觉得，这正是他摘掉"卖国贼"骂名的好时机。如此棘手的问题，满朝文武中，唯有他有能力解决。

他要去的地方，正是俄罗斯公使馆。

那是公元1897年的12月11日。散朝后，翁同龢匆匆离去。没有人知道他的去向，大臣们只是觉得，这一天的他，带着满脸的愤懑。早朝的时候，他顶撞了皇上。身为两代帝师，翁同龢通常举止儒雅，很少会做出如此激烈的举动。好在皇上终归还是他的学生，对于自己的老师，终归还是留了些面子。看到老师阴沉的脸，光绪皇帝清了清嗓子，长长地叹了口气。

太难了，一切都太难了。在这个弱肉强食的世界里，一个贫弱的民族，想要勉强立足，多少的辛酸和委屈，都注定要塞满它的内心。当李鸿章亲赴俄国公使馆，想要尽力促使《中俄密约》起到效果的时候，俄国公使很快就微笑地派出了他们的舰队。11月16日，俄罗斯的军队和德国人的军队面面相觑，却在此后便没了下文。

皇上和大臣们都在焦急地等待着沙俄方面的消息，但半个月过去了，到了12月1日，俄国人却忽然提出，中国若想取得他们的帮助，首先必须满足几个条件。听着俄国公使的言语，大臣们全都低下了头。

他们要求中国北部省份的部队必须聘用俄国人作为军事教习，在东北、吉林等地建造铁路时，必须要从俄国贷款，从俄国聘请人员；松花江、嫩江一带必须准许俄国船只行走；黑龙江下游一带必须禁止中国船只通行。除此之外，当俄国军舰正式进入胶州湾的时候，中国的官员还必须负责照应一切。

甲午之后，每个中国人的神经，都似乎比过去更加敏感。每一份耻辱，都势必比过去更加刺痛人心。没有人还想去尝一尝变成卖国贼的滋味。俄国人如此苛刻的要求，朝廷里没有人愿意答应。

这时，有人提出也许该在德国方面去碰一碰运气，万般无奈之下，翁同龢照办了。但德国人态度蛮横，声称"租借"胶州湾是他们干涉日本还辽事件之后应得的报酬，并没有什么好谈判的。一切再次陷入了僵局。

曾经态度保守的翁同龢，在这巨大的压力之下，终于放下了身段，主动低下头，向一些较为友好的洋人请教起方法来。但所有人都无计可施。税务司里的一位英国官员只是沉重地对他说，胶州湾之事若不能很快解决，列强便有可能借此大做文章，到那时候，这个衰老的民族，才真的到了最最危险的时候了。

两代帝师狠狠地叹了口气。他从来没有面对过如此严峻的形势。肩膀上沉重的压力，压得他喘不过气来。他整整思索了一个晚上，在德国人的枪炮之下，昔日的悲剧将会重演，不堪一击的中国军队，将会全军覆没，被再次削弱的国防力量，在列强面前，将变得更加脆弱。到那时候，更加可怕的事情，也势必会席卷而来。想到这些，他夜不能寐。

为了不让更大的悲剧重演，第二天，他忍辱负重，带着更加谦卑的态度，会见了德国公使。在德国使馆内，"巨野教案"被重新提起，但那德国人的态度，却又显得更加蛮横。经过一番周旋，翁同龢一再让步，免除山东巡抚官职，在济宁建造天主教堂，除此之外，赔偿、立碑，把中国开办山东铁路及路旁矿场的承办权特批于德商……

就这样，那德国人的态度逐渐回暖，德国公使的脸上，似乎露出了微笑。于是，翁同龢见机行事，试探性地将话题引向了胶州湾。他说："中国愿以另一座岛屿的租借权，换取贵国军队从胶州湾撤军。"可话音刚落，德国公使逐渐回暖的态度，又忽然冰冻了起来。公使先生犹豫了片刻，翁师傅在压抑的沉默中那样冷冷地坐了一阵，随后，就看见了对方在冷漠地摇头。

"我只是个办事的，一切都要等候我国皇帝的安排。"那德国人清了清嗓子，如此回答。

3日、4日、5日、7日，翁同龢自己，翁同龢带着大臣，翁同龢带着亲王，在和德国公使反复争论过后，他们依然只是得到那句"服从德国皇帝安排"，随后，就被草草地打发走了。转眼间已是寒冬时节，在这寒冷的天地间，读了一辈子孔孟之道，学了一辈子待人接物的礼貌，翁师傅从不曾遭受过如此这般羞辱。洋人的蛮横，他早有耳闻，可是身处其中，想到肩膀上扛着的这个国家，他必须要小心翼翼。

身为一个传统的文人，这样的气，他难以下咽。

就这样，时间来到了12月11日。与德国的谈判，是这几天来早朝时无法回避的焦点。光绪皇帝看过了翁师傅草拟的条约稿件。一天前，太后也读到了这份稿件。而这一次，两股势力的代表，却生出了同样的不满。这些年的愤愤不平，于是一齐涌上了光绪皇帝的心头。

生于乱世，面对如此一个破败的王朝，这年轻的皇帝，终归还是收敛不住内心的急躁。他将那份稿件抛掷一旁，厉声斥责说，"大臣不尽责，无故让步，这是要我大清自取其辱！"就是在这个时候，受尽了委屈的翁师傅也终于按捺不住了。一向儒雅的他忽然拉大嗓门，咆哮似的顶撞起了皇上。

他将同样的言语反驳了回去，批评皇上身在宫中逞口舌之快，却不知臣子之艰难，而这大清国的积弱，绝非几句风凉话所能解决问题。翁师傅说完，左右大臣全都吓坏了。他停了下来。在这样的场合，如此一吐为快，对于他来说，此生还是第一次。

急躁的皇上冷静了下来。批评他的，毕竟是他的老师，而这老师的话中，也毕竟句句都非妄言。于是，他长出一口气，原谅了对方。随后，他又讲了些零碎的琐事，早朝就结束了。可散朝后，翁师傅依然那样心事重重。他没有和任何人打招呼，只是带着一脸愤懑和满心的忧虑，匆匆忙忙离去，没有人知道他去了哪儿。但可以肯定的是，此时此刻，他的内心世界，一定有座火山，在激烈地翻滚着。

他决定去见一个人。

# 二十八

那是北京城带给康有为的又一次失望。1897年12月11日，他收拾好行李，准备离开了。不到一个月前，德国强占胶州湾的消息传来，使他彻夜未眠。身为一个读书人，当以家国天下为己任，可是眼看着国家一日不及一日，强敌面前，早已尊严扫地，他的内心很不是滋味。面对这江山的千疮百孔，他焦急得泪如雨下。那时他已身在北京，只身一人，内心的焦躁无人倾诉。就这样，就在这泪光和焦躁中，他又一次提起了笔，奋笔疾书，慷慨陈词。

那是他的第五次上书。和前几次相比，这一次，他的态度更加大胆了。前几次的条陈中，他只是提到了部门的加加减减，其中的一些，皇上接受了，有的已经让大臣去商量了。可是一转眼，德国就入犯了胶州湾。中国军队不敢抵抗，全线撤退，对于朝廷来说，这是权宜之计，可对于一个民族而言，这是彻头彻尾的耻辱。

他知道，眼下的中国人，面对来犯者，打也不是，不打也不是，究其原因，本质上还是那个"弱"字。这个世界没什么道理可言，事实证明，强国欺负弱国，弱国的子民只有委曲求全地活着，这就是道理。

条陈中，他不再过多地关注具体的单项事务，而是把重点放在了更加激进的政治体制变革上。他认为，沙俄彼得大帝、日本明治天皇，都是中国可以效仿的对象。皇上大可以以此为蓝本，施行中国式的变法维新运动。之所以会选择这两人为楷模，康有为觉得，此二者相较于西方列强，都是后来居上的成功案例。而诸如英国的皇权只是个象征，是没有实权的，可是俄国的沙皇、日本的天皇，却是真正的"开明君主"，是有实权的。在他看来，中国人走了几千年的君主专制之路，中国人的信念里，是必须有个皇帝的。因此，学习俄、日的政体，于中国而言，是上策。

除此之外，他还提出，大集群才而谋变政和听任疆臣各自变法的策略，这些或许也都会起到效果，但中国的问题是更深层次的，表象上的变革，都只是治标而不治本，难以为继。他把条陈递交给自己所在的工部，北洋水师全军覆没的场景浮现在他眼前。

他很清楚，他的言辞已经大大地超出了以往的尺度，日本明治维新时，不但铲除了德川幕府，就连跟着一起"倒幕"的武士阶级，也一并被铲除掉了。想要推动一场庞大的政治体制改革，就少不了各式各样的阻力，恐怕也少不了血肉横飞的场面。守旧的大臣为了抱住自己的利益，会誓死反抗。

可是，洋务运动的失败，北洋水师的覆灭，都充分地说明，中国的问题，恰恰不在这流于表面的细枝末节。没有适宜的土壤，就无法真的移花接木。如今，看到日本这等蕞尔小邦，都能用它的坚船利炮打沉整个北洋水师，德国人也跟着来了，恐怕日后，俄国人、英国人、法国人、美国人……中国的每一寸土地，都将永无宁日。面对这个弱小而庞大的民族，一场列强的瓜分狂潮，也许已经不远了。因此，在条陈中，他不得不秉笔直书，不得不用更加激进的思想，去弥补朝廷的缺失。

不出所料，他的条陈果然被工部扣了下来。但历经数次失败，这一次，他早就有了准备。上书之前，他已经把自己的条陈誊抄了好几份，通过先前结识的权贵朋友，又向各个机构的高层人士一一分发了出去，希望他们中至少有一人能够将他激烈的言辞，递交给皇上。

可是，他在日渐颓废的北京城里一连等了近一个月，朝廷里始终没有什么动静。他深深地叹了口气，失望的情绪和焦躁的状态彼此交织，他不禁长长地叹息一声："在这个老旧的国家里做些新鲜的事情，实在是太难了。"

太难了，太难了！翁同龢也同样收到了康有为的条陈。对于这个晚辈，也许是因为他的思想已不再守旧，也许是因为他们同为读书人，翁师傅对他一直以来都还保有着几分赞赏。对于他为国为民的热情，翁师傅也始终都予以了肯定。

但是翁同龢身为重臣，既是户部尚书，又是军机大臣，对于康有为此番大胆的言辞，从维护政治稳定的角度来看，这显然是有些冒险的。那时候，他还没有和德国人展开谈判，俄国方面也还没有想要敲诈的意味。他依然认为，清廷的体制虽是出了问题，但终归不至于到了大变一场的地步。因此，这份条陈，他始终搁置一旁。

可是，时光匆匆。往后的一个月里，频繁往来于德国公使馆和紫禁城之间的翁师傅，终于在俄国人的讥笑中、德国人的蛮横中，还有皇上、太后的批评中，受够了夹板气。就这样，在1897年12月11日的那次早朝上，面对皇上的批评，一代大儒、两代帝师的他，终于顾不上自己一直以来的儒雅形象，咆哮似的顶撞了回去。

那时，康有为正在收拾行李。他五次来京，五次上书，却只有一次上达给了皇上，思来想去，这第五次上书，怕是又要打了水漂。北京城又一次让他失望了。但在失望中，他却只能够无力地摇头叹息。

就在这时，他的门被敲响了。

# 二十九

1897年12月11日，翁同龢又一次见到了康有为。

面对列强的袭扰，他历来都是幕后的参与者，但这一次，随着角色的转变，他真正地成为前线的亲历者。昔日的纸上谈兵，在态度蛮横的洋人面前，只剩下无尽的冷漠和屈辱。当皇上在早朝中轻巧地用一句"大臣不尽责"，来形容他在这些艰难日子里付出的努力时，他仿佛在一瞬间，忽然理解了当年李中堂所经历的困境，也不禁为自己所处的环境，为这大清江山所面临的处境，更进一步地思索起来。

从鸦片战争至今，已过去了近五十年光景，为了求得自强，洋枪洋炮，国家没有少买，铁甲舰、巡洋舰，国家也没有落下，可是事到如今，偌大的一个大清国，自强不见起色，反倒比过去更加羸弱了。

回想起皇上对自己的无端指责，他很难受。他虽然用激烈的言辞反驳了回去，也并没有因此而遭受什么惩罚，可他心里的这股火，却着实难以熄灭。就这样，他想起了康有为不久前托人递给自己的条陈，想起其中所谈及的俄国、日本大刀阔斧的制度改革，想起他鼓励皇上彻底改变中国政治土壤的改革策略。那时候，对于这些观点，翁师傅觉得也许有些过分激进，他认为老祖宗留下来的制度，也许本身没有什么问题，问题只是出在处理洋务上。

但是此时此刻，摆在眼前的屈辱，却给他迎面泼了一盆冷水。对于朝廷，对于眼下手足无措的状态，他不得不重新开始思考。而对于康有为那份激进的条陈，他也同样开始了新的思考。

于是，散朝以后，没有带随从，没有伙同他人，翁同龢独自一人匆匆地离开了。这是一次个人的拜访，也是一次秘密的会面。他所前往的地方，叫作南海会馆，他记得康有为每次进京，都要住在这里。

就这样，当康有为在失望中，再次收拾行囊，打算告别北京的时候，他的门被敲响了。


1897年12月11日，在那份属于整个国家的屈辱中，这位来自权力核心的长者和这位胸怀家国天下，一心想要图强的晚辈，第一次以一种开放的态度，平等地说了一番话。翁师傅坦诚地对康有为说，若不是他亲身感受过任人宰割的痛苦，对于这激进的变法，他始终都是一笑置之的。可是，如今，他的思想在剧烈地转变。当昔日李中堂所承受的委屈，如今正原模原样地落在他自己身上时，他开始意识到，也许在他们这些老旧的大臣里，没有一个人是对的。

他告诉康有为，在来时的路上，他再次回味了先生的变法思想。他恍然觉得，也许在这所有想要自强的思想中，唯有康先生是对的。他用一种谦卑的姿态请求这位晚辈能在北京多住几日。因为他决定，为了国家，为了天下苍生，他打算郑重地把先生的条陈呈递上去，让皇上可以亲眼看到。

"请康先生留京耐心等候，但朝中情况较为复杂，需要等候多久，这并不好说。不过，请康先生放心，给皇上举荐人才，本就是我的责任。当此国家危难之际，身为臣子，我一定不会坐视不管。"

对话结束了。翁师傅匆匆离去。他走的时候，把康有为所著的《俄彼德变政记》《日本变政考》和《波兰分灭记》几本书也一并带走了。条陈里所讲的东西，这几本书，已经全都写清楚了。就这样，失望中长出了希望，在这日益衰败的北京城内，康有为将收拾好的行李重新摊开，于是便开始了一场漫长的等待。

1897年过去了，1898年来了。德国人的军舰依然停靠在原地。德国公使最终得到了他们政府的训示，愈加蛮横地前往总理衙门，推翻了先前由翁师傅拟定的种种条件，直截了当地否决了用另一岛屿代替胶州湾的建议，提出若不允"租借"此地，德国军队将在陆地上，尽其兵力所至，任意侵占。消息传来，朝廷里再次陷入了沉默。

大清皇帝的威严，又一次狠狠地遭到了羞辱，悲愤与失落中，皇上愈加焦躁地生起了闷气。而就在散朝的时候，翁同龢留了下来。身为皇上的老师，他心里十分清楚，眼下，正是他上奏的最佳时机。

就这样，皇上又一次读到了康有为的条陈。在这大清国日渐衰落的岁月里，那些行文中态度恳切的激进思想，反倒唤醒了这位封建皇帝内心的热情。为了进一步了解条陈中所讲的事，他后来又深入研读了康有为的两本著作。

他从书中读到，18世纪以前的沙皇俄国和19世纪初期的日本，原本是两个贫困落后的地方，可因俄罗斯圣彼得大帝和日本明治天皇，均虚心学习西方，励精图治，从而力挽狂澜，他们没有放弃手中的权力，没有将自己置身于宪法之后，却因他们对政治制度的彻底改造，而使他们的国家从此跻身世界强国之林。

读到这里，皇上忍不住跳了起来。朝廷办了这么许多年洋务，花了不少钱，最终只收获了一场又一场的失败，原因在哪儿，他从不曾真的弄明白过。洋务运动，归根结底，只是一群老旧的大臣抱着试一试的态度在瞎子摸象。可这康有为的思想，与所有那些老旧的大臣们都截然不同，是建立在俄、日两国成功的经验之上的，是有根的。于是，带着这股热情，1月16日，在早朝上，光绪皇帝郑重地向大臣们提出，经过一番思索，他已初步决定，面对今日之颓势，大清国应当变法。

可是，皇上的言语换来的，又是朝臣们的一片沉默。

而在那一天，翁同龢却站了出来。他成了那天满朝文武中，唯一一个正面支持皇上变法的实权人物。

洋人的新年过去了，传统的春节就要来了。1月22日，一阵炮竹声唤醒了熟睡的康有为。他伸了个懒腰，向窗外望去。他依然没有等到朝廷的消息，而时间却已匆匆流逝。

这一天是农历正月初一。

这一年，是中国的戊戌年。


# 三十


贤良寺的门又一次关上了。《中俄密约》没能为李中堂摘掉"卖国贼"的帽子，反倒使中国人失去了更多的主权、更大的尊严。1898年3月6日，李鸿章和他曾指责过的另一个老人翁同龢，一道坐在了德国人的谈判桌上。随着两位颇有书法功底的老人，在条约的落款处，颤抖着签下了自己的名字，胶州湾南北两岸的陆地、湾内的各个岛屿，就这样被无条件地"租借"给了德国，"租借"的时间，是九十九年。

胶州湾沿岸潮平100里内，成了允许德国军队自由通过，却不允许中国军队随意行走的"中立区"。除此之外，山东省内两条铁路线的建筑权，铁路沿线30里内的矿产开采权，山东各项事务的开办优先权，也全都一并交给了德国。这就是《胶澳租借条约》。

那是李中堂的又一次卖国。

那也是翁师傅的第一次卖国。


狼的肚子，总算被填饱了。可另一匹狼，却又在蠢蠢欲动了。德国人对胶州湾的侵占，使得沙皇俄国终于找到了一个机会。他们趁着中德双方紧张谈判的当口，忽然将舰队转移到了旅顺，又以"帮助清廷，制衡德军"的借口，迅速登陆。朝中的大臣害怕了，唯有李中堂的脸上，露出了一丝微笑。

那或许是强颜欢笑，又或许是看到了最后一根救命稻草。贤良寺内，年近七十五岁的李中堂，也许在那压抑的氛围中，做梦都在期待一个机会，能够助他摘掉头顶的骂名。说来也许可笑，也许无奈。在他年少的时候，他的梦想，是挽回整个国家的尊严，而今，在这人生的暮色中，那大大的野心，却只剩下这么一个自私的小小的愿望。

带着这份愚蠢的愿望，他相信了俄国人。接着，沙俄军队长驱直入。而他们的目标，却不是制衡德国。那时的世界，对于中国人而言，从来就没有什么救命稻草。两个列强早已在私下里达成了协议。据说，沙俄政府甚至向德国这个老对手发去了感谢信，信上说，"正是因为贵国对胶州湾的侵占，才给了我方出兵旅顺的借口。"

没过多久，总理衙门中，出现了俄国公使的身影。前一阵子的友好全都不见了，所谓欧洲人的"契约精神"，也不见了。公使先生挥舞着拳头，咬牙切齿地威胁说，他们尊贵的尼古拉二世沙皇，想要把旅顺口和大连湾一并"租借"了去，除此之外，他们还要在这里建一条铁路，直达黄海，若中国人不能在五日之内予以答复，后果是什么，他就不用细说了。

也许这就是命吧。曾经胸怀天下，而今自身难保。几天以前，在德国人的谈判桌上才卖了国，几天以后，在俄国人的桌前，李中堂又一次用他颤抖的手，写下了自己的名字。卖国之后还是卖国，条约之后又是条约。一份《中俄旅大租地条约》后，俄国人又追加了一条续约。"弱小"的中国人又一次退让了。俄国人的肚子又一次填饱了。

可是这块"肥肉"的香味，却又引来了英国人、美国人和一个又一个西方列强的垂涎……他们正在摩拳擦掌，距离行动，不过只差一个体面的借口。


年轻的光绪皇帝，是焦躁的。老迈的翁同龢，也是焦躁的。朝里朝外的人，面对这西方列强的虎视眈眈，全都陷入了新一轮的焦躁。就在这焦躁的氛围中，耻辱中的李鸿章，在他头顶的骂名之下，又一次体会了颜面扫地的悲哀。历经二十五年的洋务运动，出访过这个世界上最为强大的国家，领略过最为坚固的坚船利炮，也感受过人生在世最为冷漠的谷底，他却依然弄不明白，这个屹立了五千年的民族、辉煌了三千年的文明，今时今日，究竟是哪儿出了问题，又究竟要走向何方……

只是在恍惚间，他忽然想起一个身影。在他印象中，那是一个口出狂言、思想激进的年轻人。如今，随着时局的千变万化、国力的愈加衰微，焦虑的皇上和翁师傅，也都出现了冒险的思想倾向。这个年轻人正是在这样一种政治氛围中，迅速地崛起，孕育出整个大清国一场剧烈的喧嚣。

这个人，就是康有为。

对于这个年轻人所做的一切，躺椅中，李中堂淡淡地摇了摇头。见多识广的他，办了二十五年洋务的他，遍访过欧美八国的他，在内心深处，隐隐间，却生出了几分忧虑。

就这样，贤良寺的门，又关上了。

# 第三章　变

The End

A Start

# 三十一

在紫禁城外东南角上，有一座法华寺。寺庙所坐落的地方，正是八旗军正蓝旗的教场，此处人烟稀少，风景雅致。进了山门，就看到寺庙中设有东、西两处配殿，正面还设有一座三层大殿。夜幕降临时，皎洁的月光洒落在地上，宛如白纱，正是一处幽静之所在。在1898年9月14日的时候，已身为直隶按察使的天津小站新式陆军统帅袁世凯进京了。那时，他所寄住的地方，正是这座法华寺。

他是奉旨进京的。他曾一连两天受到召见，去与皇上奏对。在他不长的官宦生涯中，他还没有太多觐见皇上的机会。他也并不清楚，皇上这样匆忙地将他召进宫去，又究竟所为何事。

皇上是在颐和园的玉澜堂召见他的。颐和园很大，他两次穿行于戒备森严的长廊，又两次在一盏昏黄的枯灯下，三叩九拜，隐约间看到眼前那位面容清秀、身材纤细的皇上。而后，几句对白、几番寒暄。当他退出厅堂，退出长廊，最后又退回到这幽静法华寺的时候，日落日出，一转眼，已是他进京后的9月18日。

两次觐见之后，在毫无征兆的情况下，他被加了官。皇上给了他一个侍郎候补的位子，于是，他先前的正三品，这下就变成了从二品。但这还不算结束。17日，皇上在又一次召见他的时候，却又要求他，自此可与直隶总督荣禄各行其是，这话里的意思，从此以后，他将直接听命于中央，也就是主要听命于皇上一人了。

对于走仕途的人来说，这样一跃而起，又如此受到皇上的信任，实在可以说是一件大好事。可在这个不同寻常的季节，伴着北京城的官宦间一阵风言风语的谣传，袁世凯却又隐隐感到，这其中似乎暗含着一层独特的深意。

寺院中的香火，淡雅、清澈，着实显得诱人。袁世凯坐在一把躺椅中，借助这诱人的香气，陷入疑惑之中。


几天以前，慈禧太后曾接到了一封密奏。上奏的人，是一个叫作杨崇伊的御史。密奏内容不长，说的是皇上从先前的耻辱和失败中，痛定思痛，想要力挽狂澜，从而着手进行的一场变法运动。看上去更像是一份汇报，加起来，不过寥寥数语。当那一向镇定自若的太后读过了这几行文字，竟突然一拍桌子，破口大骂了起来。这把围绕在她身旁的太监给都吓坏了。于是一时间，议论声四起。有人说，大太监李莲英当时清晰地听到，太后在骂声中喊出了"逆子"两个字；也有人分析说，究其原因，好像那份折子里，用不无忧虑的口吻，提到了一个日本人的名字。

而那个名字，叫伊藤博文。


就在袁世凯两次从皇上面前退下的时候，官宦之间，还有一番议论，也传入了他的耳朵。

听说，一个月后，按照先前的议定，皇上要和太后在天津举行一场阅兵式。三个多月前，慈禧太后把她的亲信荣禄，从兵部尚书的位子上，调整成了直隶总督，天津的大小军队，都一并由他节制。而在这场阅兵式上，正是这位荣禄，将协助着太后"干一件大事"。

太后的胳膊比皇上的大腿还要粗。这个"大事"会是什么？为人臣子，袁世凯实在不敢深想。可他身为新式陆军统帅，却又必然是这场阅兵式中一位重要的将领。这么想来，皇上对他突然的两次召见和一番叮嘱，看上去，绝不是那么简单。


他就这样思谋着，焚香渐渐烧尽了，天色渐渐暗淡了。在逐渐转凉的气温中，他又那么饶有兴致地琢磨了一阵，眉宇间，显现出几道细细的皱纹。

就在这时，有位僧侣叫醒了他。他抬头望去，天色早已是漆黑一片。夜幕中，单薄的月牙孤独地挂在半空，四面的繁星，围绕在它四周，簇拥着它，环绕着它，却也仿佛只能无奈地观望着它。

"大人，您有访客。"僧侣对袁世凯说。

袁世凯愣了下神，强压着脸上的疑惑，缓缓地问：

"是谁？"

"说是康有为的学生，叫谭嗣同。"

"谭嗣同？"

一阵寒风袭来，皎洁的月光下，听到这个名字，他连忙坐了起来。这是他不曾预料过的访客。此刻，当他听到来人的名字时，他忽然想起那御史杨崇伊在写给太后的密奏中所提到的事：

"变法"。

# 三十二

说到变，自1840年以来，中国一直都发生着变化。两次鸦片战争，中国人对世界的认知被彻底打破了。洋鬼子霸占中国领土，侵占中国主权，不但在逼迫着中国人跟他们搞"五口通商"，还蛮横地一路北上，抢劫紫禁城，火烧圆明园……这，就是变。一场从

"天朝上国"，坠落成人间炼狱的变，一场见所未见的剧变，一场由世界格局的大变化所带来的被动的变。从此以后，中国人从三千年的荣耀中醒来。在与西方世界越发紧密的联系中，越发了解到了自身的弱小，从而在这场竞争中，陷入了一段段苦不堪言的屈辱之中。

于是，就在这份弱小和屈辱中，横在中国人面前的首要问题，就只剩下一个，那就是如何自强。

清政府里一些开明的官员，在与洋人的频繁接触中意识到，中国落后的鸟枪和长弓，敌不过西方人先进的洋枪和洋炮。想要与之匹敌，在这被动的世界格局的变化中，中国人不得不自我改造，向外学习，以敌人之所有，补自身之所无。于是，就在这批开明官员的倡导下，从19世纪60年代开始，以"自救"为宗旨的洋务运动，就这样自上而下地，全面展开了。

这就是变。一场主动地变。

声势浩大的洋务运动，一变就是三十年。在这三十年的轰轰烈烈中，时任直隶总督、北洋通商大臣的李鸿章，花了整整二十五年，通过重金购置，以及一定程度上的自我仿制，建造了号称"东亚第一，世界前十"的强大海军部队——北洋水师。从此，将这场运动推向了它的巅峰。

只可惜，就在北洋水师正式成军后的第六年，甲午战争爆发了。强大的舰队在做了一千年学生的日本面前，竟于一夜之间全军覆没，沉入汪洋，化作一块块令人无限唏嘘的碎片，以及李鸿章头顶上，那一阵阵永不消散的骂名。

洋务运动随着北洋水师的失败而失败了。当年倡导这一运动的活跃分子、朝廷权力机构中的核心成员、咸丰皇帝的亲弟弟恭亲王奕䜣，面对如此这般败局，也逐渐沉默了下去。

李鸿章也沉默了。就连那只手遮天的慈禧皇太后，也默不作声地躲在了幕后。年轻的光绪皇帝独自一人被推到了前台，面对眼前这个老旧的烂摊子，他无所适从。在历史的长河中，面对这前所未有的境况，没有人知道未来的路该怎样走。迷茫中，整个国家都陷入了冷冷的沉默。

但，就是在这迷茫、这束手无策、这冷冷的沉默中，坚韧的中国人，依然在苦苦地探究着。就在这样的时代背景下，就在这自卑、绝望、老旧的历史洪流中，一个年轻人，一个更新的思想，被缓缓地孕育出来，那就是康有为，和他的"维新变法"。


1897年年底，通过帝师翁同龢，光绪皇帝已经得到了他的三本书《俄彼德变政记》《日本变政考》和《波兰分灭记》。书中所言，与过去三十年洋务运动相同的是，它依旧在探讨着"变"的问题。可通读全书，皇上又看到了更加深刻的内容和更加繁杂的体系。

他意识到，这看似相同的"变"，本质上，却又相去甚远，因为过去的变，变得都只是洋务。可是，书中所言，有果必有因，如若洋务是果，则政务就是因，本是相辅相成。但历经漫长的岁月，耗费了巨额的财富，中国人依然只认得前者，却忽略了后者。而康有为所提出的"变"，变得正是这国家老旧落伍的封建制度。

翻阅这两本厚重的著作，在这历史的迷雾中，年轻的光绪皇帝仿佛想起他年仅四岁就被抱进宫中的情景，从此以后，他便身处在这紫禁城内的阴影下。他或者任人摆布，或者受人操控，在文武百官长长的队列前，他端坐龙椅，聆听着天南海北的进言，却又局限在那狭小的视野，用近乎无知的目光，审视着外面的世界。

不知不觉间，二十三年过去了。此时的皇上，已经二十七岁了。那是人在一生中最好的年华。在这大好的季节，读罢眼前的著作，他不禁自言自语地感慨一声：

"朕终于睁开了眼，看到了世界。"

1897年年底，当他合上书的时候，他提出了一个愿望。

"朕想见一见康有为。"


历史的车轮滚滚向前，多少曾经的赶车人，就在时代变迁中，一夜之间滚落在地，变成了前进道路上一块障碍。1898年5月29日，老迈的恭亲王奕䜣病逝了。朝廷为这个昔日牵头兴办洋务的老臣，办了场风风光光的葬礼。四海之内的"洋务派"大臣，也纷纷表达了自己的哀悼。他当年的英明被重新回忆，他过去的功绩得到了一片赞颂。可颇具讽刺意味的是，就是这个受到众人推崇的"英明"人士，在他人生中所做的最后一件大事，竟是搬出了祖宗的家法，以"品级过低"为由，言辞激烈地阻止了皇上与康有为的会面。

但在这无情的岁月中，没有人能够抗拒生命的流逝。葬礼过后，尘归尘，土归土，拦在眼前的恭亲王终于还是无力地松开了那只拖拽着时代车轮的手，从此化作脚下的一片泥泞。

就在这洋务运动的牵头者、咸丰皇帝的亲弟弟、朝中的重臣过世后的第十八天，焦急等待了太久太久的康有为，终于受到了皇上的召见。他拍拍衣袖，抬首望天。可他看到的，却是夜幕下，一团挥之不去的黑暗。

# 三十三

康有为觐见皇上的地点，是在颐和园。之所以会在这里召见他，是因为在一天前，皇上为国事和太后商讨到深夜，见到天色已晚，就干脆住了下来。就这样，美轮美奂的园子里，太后住一头，皇上住在另一头。皇上与康有为会面的地点，叫作仁寿殿。在颐和园还是清漪园的时候，这座宫殿的前身，本叫"勤政殿"。取这个名字，是因为乾隆皇帝要提醒自己，游山玩水时，仍不能忘记勤理政务。英法联军的大火把勤政殿烧掉了，经过一番重建，这才有了眼下这座仁寿殿。

仁寿、仁寿，仁者长寿，就是这个名字所蕴涵的意义。在中国人悠久的文化传统中，总是会在那最平淡无奇的字里行间，悄悄地埋藏一丝祝愿。祝愿美好的事物长长久久，祝愿繁荣的盛世普降人间。


就在康有为觐见皇上的同一天，另一个身影，却默默地退出了历史的舞台。七年以前，当这美轮美奂的颐和园，在国力衰微的大背景下，依然靡尽财政，才勉强修造完成的时候，时年五十七岁的慈禧太后游幸其中，却又在陶醉之余，想起了自己的大寿。那时候国家已经开始举借起了洋债，北洋水师已经没钱买船买炮了，可太后置若罔闻。大臣们无人敢提出异议。

就在这时，有一个人突然站了出来，警告对方，身为一国之主，切不可沉迷于声色。为了在群臣面前保全自己的面子，太后接受了他的提议。但从那时起，对于这个人的一举一动，老太太却越发提高了警觉。

这个人，就是光绪皇帝的老师翁同龢。

就在康有为觐见皇上的前一天，维新变法运动即将拉开大幕，颐和园里的慈禧太后，却突然脸色大变，逼迫着年轻的皇上亲手罢免了他的老师。太后操弄权柄数十载，光绪皇帝站在时代变迁的起始点上，对于这"亲爸爸"突然施加的压力，他不得不屈服。

翁师傅身为两代帝师，入朝为官已有好几十年，每日与皇亲国戚往来，依然一生清廉，勤勤恳恳。可不论他怎样清廉，也不论他怎样勤勉，到头来，那威严的宫廷，那复杂的官场，所能留给他的，却只是他坐在龙椅上的学生那一纸冷冷的诏令。

诏令上写着：

开缺回籍，以示保全。钦此。

为了变法的顺利进行，皇上不得不这样委曲求全。对于这样的结果，步履蹒跚的翁师傅，或许也早有准备。一天以后，当他回到工作了数十年的地方，最后一次收拾好了自己的文件时，他默默地接受了所有的一切，默默地最后一次朝着皇上所在的方向，俯下身去，用他颤抖的身躯，艰难地行了一个跪拜礼，又艰难地转身离去……

他已经老了。二十多年的师生情，此去便是永别。夜是那样的黑。但他依然相信，怎样的夜幕，都不可阻挡光明的未来。

就在这样的背景下，年轻的光绪皇帝，生平第一次见到了帮助他睁开眼睛看世界的启蒙者。这位五次进京、五次上书，在屈辱和焦急中苦苦等待了太久太久的改革家，终于在这位励精图治的皇上面前，亲自勾勒出他为这个饱经风霜的国度所设计的宏伟蓝图……

# 三十四

维新变法的最终目的究竟是什么？康有为认为，此番改良，所改之事不仅在于事务本身，更在于对体制核心的进化。怎样才能让一个老旧的帝国焕发出新生的活力？日本明治维新，几经斗争，其全新体制的最终落脚点，不止在于变事，约束整个国家最基本规范的准绳，亦不止在于天皇。一朝君子一朝臣，领袖人物来了又去，没有人能够永生。有一样东西，却可以穿越时空、穿越生命的局限。皇上读过他的著作，皇上知道，那样东西，叫作"宪法"。

1898年6月11日，光绪皇帝在这一天颁布《明定国是诏》，自此，一场疾风骤雨般的维新变法运动正式拉开了序幕。

在见过康有为的第十七天后，皇上又马不停蹄地召见了康的学生梁启超，收编了对方的译书局，加其为六品卿衔，并要以此为契机，号召全国广泛翻译西洋书籍，学习新知。为了能让变法更好地推行，他又在接下来的日子里，超擢提拔了四位维新派人士，他们分别是谭嗣同、刘光第、杨锐、林旭。赏其四品卿衔，令其在军机章京上行走，官职如同"副宰相"，时称"军机四章京"。

就在这维新党人的辅佐下，每日清晨，他都抖擞精神，穿过两排守旧大臣，与他们一道，奋发图强，从日出忙碌到日落，在昏暗的烛火下，在皎洁的月光中，着手草拟了一系列前人不敢想，更不敢做的重大决定。

在往后不足百日的时间里，他们先后废除了延自北宋的缠足陋习，废除了延自明朝的八股取士，废除了书院，又下旨准开学堂，准开报馆，创设农工商机构、矿务铁路总局，提倡实业，奖励发明，广开言路……以进步国家为蓝本，凡世界先进文明，无所不学，无所不包。自鸦片战争以来，虽历朝皇帝都曾提倡过变革，但如光绪皇帝，敢对祖宗之法开刀，如此大做手术者，已是前朝所无。

可他并不打算就此收手。为了进一步扫清变法道路上的掣肘，他决定向消极怠政的守旧大臣们开刀了。9月4日和9月7日，皇上连续两天，以妨碍维新党上书和消极应对开设"制度局"两个罪名，先后清除了礼部的六位堂官和总理衙门中的老人，这其中包括三个重要的人物：一位是太后的亲信礼部尚书许应骙，一位是太后的亲戚怀塔布。还有一位，在朝廷里的地位，远比前两位更高，资历更老，虽只剩下个"总理衙门上行走"的虚职，他的势力，却在这朝廷中，依然占据着举足轻重的位置。

那就是李鸿章。


为了改革制度，编撰宪法，皇上决定放眼世界，聘请各国政治专家，委以事权，充当顾问。又要在维新党的建议下，开设懋勤殿。懋勤殿，就是紫禁城里的一座皇家书斋，是当年乾隆皇帝与大臣们商讨国事的地方。开设懋勤殿，就是要为他所聘请的顾问团队，专门安排一间讨论新政的办公室。

维新党为皇上拟定了一份长长的顾问名单。在这份名单中，有一个人物显得格外引人注意。这个人如今已赋闲在家，正要以个人的名义，遍览大清。皇上记得，那个名字与自己曾打过两次照面，这其中，一次是羞辱，一次是钦佩。他想起，前一次，是在《马关条约》签字落款处，后一次，则是在康有为《日本变政考》的文字中。

这个人，就是伊藤博文。


贤良寺内，当李鸿章回首望去，遥想那二十五年的洋务生涯，回忆起自己那些早已淹没在时代洪流中的种种辉煌，他不禁发出一阵感慨。二十五年来，他修建唐胥铁路，通南北洋电报，设立轮船招商局，创办洋学局，开办开平矿务商局、上海机器织布局、天津武备学堂、天津医学堂、水师大学堂，开采漠河金矿……这一桩桩一件件，谁又敢说，为这江河日下的大清朝，他没有立下半点功？谁又能说，他当年的威风和荣光，不是他应得的回报？

只不过，当荣光散尽的时候，当他人生的巅峰——北洋水师，历经甲午一战，便沉没于汪洋大海之中的时候，当他头顶的光环一退再退，退到连个"伴食宰相"也做不成的时候，另一个他，却浮现了出来。

二十五年的洋务运动中，他自是忠心耿耿，勤勉为国，可是他任人唯亲，利用手中的特权，将他的亲信和亲戚，一个又一个地安排在了重要的岗位上。他的家族在其中大发横财，宅邸越修越大，最后甚至有人将他和他的老家安徽合肥，写在了一副颇具讽刺意味的对联中：

宰相合肥天下瘦。

司农常熟世间荒。

而"常熟"，则是翁同龢的老家。两个不同路的老人，就这样一路向前走去，在这江河日下的岁月里，将同样的骂名，留在了身后。

在那个属于洋务运动的时代里，朝廷保护着李鸿章的家族利益。而当所有那些辉煌的表象，全都被敌人打得粉碎，变得一无所有的时候，他的处境，也陷入了危机。就在年轻的光绪皇帝，打算凭借自己的力量，将这个国家的游戏规则重新改写的时候，李鸿章害怕了。因为这将意味着，他此生所有的荣光和他家族所拥有的全部利益，都将被彻底粉碎。

当年迈的他终于看到，在这样个崭新的时代里，他甚至连自己头顶的一个虚职都无法保全的时候，他的家族，他的亲信，他的朋友，所有那些把持着国家重要资源的特权阶级，也终将遭到毁灭性的打击。

就在他为此而倍感恐慌的时候，这位曾经与保守派争执不休的士大夫，却也不曾意识到，此时此刻，面对眼前这真正的"进步"，他自己已然变成了那个保守派。


这一年的9月13日，一位御史突然向慈禧太后递呈了一份密奏。奏折所言，正是这变法之事。

老太太读罢，竟发起了雷霆震怒，破口大骂。据说，她的措辞格外严厉，就连侍奉了她一辈子的大太监李莲英，也被那样的场面，吓得瑟瑟发抖。

她喊了一声："这个逆子，莫非要将祖宗的江山，拱手让出！"

骂完，她再次捧起密奏。只见上面写着：

风闻东洋故相伊藤博文，将专政柄。伊藤果用，则祖宗所传之天下，不啻拱手让人……

据说，这位告密的御史，叫作杨崇伊。至于他的背景，早在康有为当年兴办强学会的时候，就曾托人查了个水落石出。他有个显赫的亲家，那便是李鸿章。

# 三十五

疑惑中，1898年9月18日，皎洁的月光下，袁世凯身着朝服，迎入了谭嗣同。夜已深，头顶的幕布更加昏暗了。京城之内，已是谣言四起。面对皇上大刀阔斧的改革，当越来越多的守旧大臣遭到罢黜的时候，颐和园里的势力，终于决定要反击了。

几天以前，皇上忽然听到一个秘密的消息。按照先前议定，一个月后，在天津，他将与太后观看一场阅兵盛典。就在这时，太后将发起一场兵变，借此废立皇上，清算维新党。他这才认识到，原来就在他专注于政治改革，大举裁撤守旧大臣的时候，身为一国之君的自己，却已是深陷于危机之中，自身难保。此时生怕大权旁落的慈禧太后，绝不会允许他轻而易举地改写那一套老旧的政治规则。在这个关键的节骨眼上，这老太太，要将他一步一步地逼入死地了。

9月14日，皇上在深感忧虑的情况下，发出一封紧急密诏。密诏写给军机四章京中的杨锐，内容是：

> 近来朕仰窥太后圣意，不愿将法尽变，并不欲将此辈老谬昏庸之大臣罢黜，而登用英勇通达之人令其议政，以为恐失人心。虽经朕屡次降旨整饬，而并且有随时几谏之事，但圣意坚定，终恐无济于事……朕亦岂不知中国积弱不振，至于贴危，皆由此辈所误，但必欲朕一早痛切降旨，将旧法尽变而尽黜此辈昏庸之人，则朕之权力，实有未足。果始如此，则朕位不能保，何况其他？

> 今朕问汝，可有何良策，俾旧法可以渐变，将老谬昏庸之大臣尽行罢黜，而登进英勇通达之人，令其议政。使中国转危为安，化弱为强，而又不致有拂圣意。尔等与林旭、谭嗣同、刘光第及诸同志等妥速筹商，密缮封奏，由军机大臣代递，候朕熟思审处，再行处理，朕实不胜紧急翘盼之至。特谕。

可是风雨欲来，杨锐尚未做出答复，风声却更紧了。为将朝中生变的消息顺利地告知维新党人，三天以后，心急如焚的皇上再下密诏，并叫来林旭，令他务必十万火急，将此诏亲自带出宫去，交到他老师康有为的手上。

林旭遵旨照办。就在这一天，他来到南海会馆。为了掩人耳目，皇上令他先要宣读一封明诏，内容是请康有为前往上海，以督办官报事宜。随后，当他将密诏递于康有为的时候，正在紧锣密鼓地继续谋划着变法的维新党人，才真正地了解了时势的艰危。

密诏的内容是：

朕今命汝督办官报，实有不得已之苦衷，非楮墨所能罄也。汝可迅速出外，不可迟延。汝一片忠爱热肠，朕所深悉。其爱惜身体，擅自调摄，将来更效驰驱，共建大业，朕有厚望焉！特谕。

1898年9月18日，北京城里的谣言，已是铺天盖地。幽静的法华寺内，香火缓缓熄灭，皎洁的月光倾泻在地上，照射在一具清瘦的躯壳上。

"谭大人深夜至此，世凯有失远迎，望请见谅。"

面对来人，袁世凯恭敬地说。

# 三十六

　　深夜相会，袁世凯衣着官服，谭嗣同却穿着便装。寺院外已是伸手不见五指，寺院里也只是零零落落地点着几盏枯灯。这个人为何会在这个时候来拜访自己？袁世凯实在不知。可看到此人态度严肃，面色凝重，他想，这背后，怕是藏着什么大事。

　　谭嗣同说，他之所以深夜至此，只因他的老师康有为，和袁大人的一番交情。对于交情，袁世凯是赞同的。当年，康有为为救国奔走，创办强学会，他袁世凯还只是个道台。那时候，他就猜到此人日后必将有一番作为，于是把自己近乎一年的俸禄全都捐给了对方。

　　他还曾有幸与此人有过几次交谈，所谈之事，皆为天下大势。慷慨激昂之时，袁世凯也曾满心忧虑地感慨道："俄国熊对我虎视眈眈，英法德蚕食我大清财富，美国鹰盘旋在我上空，蕞尔日本，如今也是野心勃勃。"从那以后，康有为就把他袁世凯，当成了同道中人。

　　9月18日清晨，康有为从林旭手中接过皇上亲发的密诏。南海会馆里，顿时陷入了一片死寂。情况已到了不可收拾的地步。维新党的重要人物全都聚拢在一起，为了应对眼前将要面临的危局，他们召开了一场秘密会议，紧急协商着破局的办法。

经过一番论证，他们认为，面对眼下的困境，首先可以确定的一点是，身陷重围之中的光绪皇帝，恐怕已是凶多吉少。因为担心权力遭到颠覆，以及同党遭到清算，慈禧太后也许是真的下定了决心，要把当前的情势，彻底翻盘了。因此，他们经过讨论，一致认为，站在皇上一边的维新党人，目前的第一要务，就是营救皇上。

就在这时，康有为想到了袁世凯。于是，他的学生，便听他提起了他当年与袁世凯的那番交情。除此之外，他还提醒学生们不要忘了另外一件事。就在密诏下发前的这两天里，袁世凯还曾连续两天受到了皇上的召见，皇上为他升了官，予以他自主办事的权力，打算留在手中，进一步重用。袁世凯是个聪明人，太后在他头顶上摆了一个荣禄，束缚他的手脚。皇上却在想方设法帮他拿掉这个障碍。皇上与太后，这两个人对他孰轻孰重，他不会不知道。

康有为的意思是，袁世凯手握兵权，是个具有一定新式头脑的人物，和朝中的守旧大臣迥然不同。他又是皇上近来所亲近的人物。事到如今，皇上已是深陷危局，不如首先派人去劝说此人，晓以大义，或许这步大棋，最终会有转机。

但对于老师的这个提议，学生中有人表示反对。反对的人认为，康先生与袁世凯总共只见过寥寥几面，虽是君子之交，但这其中的风险，却是谁都无法承受的。对于这样的质疑，康有为表示赞同。但他认为，事到如今，守旧势力早已占据了主动，维新变法，救国救民，助国家迅速崛起，重回世界之巅这些理想，若没有一个开明的皇上，全都将不复存在。在这危机重重的关头，能救皇上的人，也只有这么一个袁世凯。若他能够深明大义，力挽狂澜，扫清这变法路上的最后一道障碍，那这中国，这江山，便真的有救了。在康有为看来，这个险，他们值得去冒。为了这个饱经风霜，又苍老守旧的国度，他们必须要放手一搏。

就在这时，有一个学生赞同老师的观点，那便是谭嗣同。

夜晚的气温急转直下。法华寺内，谭嗣同上前一步，压低声音说，"事关重大，需与袁大人入内交谈。"袁世凯同意了他的请求。于是，两个人便从无边的黑夜中，来到了一片枯黄的灯光之下。

南海会馆的议论，正是因谭嗣同的一番言语，而告一段落的。谭嗣同认为，事已至此，变法运动，恐怕终将胎死腹中，面对敌人的绞杀，与其坐以待毙，倒不如奋起反击。

他说："嗣同平素喜爱广交朋友，诸位友人中，京城侠士王正谊与我交情最深。此人在家排行老五，行走江湖多年，练得一手好刀法，又称'大刀王五'，虽不能读书认字，却是个有情有义的汉子。我奉诏进京以来，因支持我维新党人拯救国家，推行变法，又担心嗣同遭受旧大臣迫害，故而充当起我的保镖。他曾问我，变法一开，何时可见街头百姓丰衣足食？我不知。只是回答他，若君臣同心，终有那么一日。

"可是，嗣同实不知，今时今日，面对这列强环伺、内忧外患的险境，我泱泱华夏何以重整山河？逢此历代未有之变局，想要力挽狂澜，又是谈何容易。但经过你我的辅佐，如今变法虽不足百日，我皇上却果断行事，做出了前朝所不敢想，也不曾想的大事，眼看着，这个老旧的国家，就要焕然一新了。但正值这变法深入之时，守旧势力却开始了大肆反扑，情势之危急，恐怕亦是你我不可预料。但事情已格外明晰，倘若此时无动于衷，那我们所有的努力，都将功亏一篑。既如此，若唯有冒险，才有可能救中国，嗣同愿主动请缨，替我康门弟子，也替我悠悠中华去冒一冒这个险。若事成，则将立下不世之功。若事败，所有的后果，也请由我谭嗣同一人承担。为了国家，我已将生死置之度外，但为防不测，也请康先生谨遵圣意，速速出外，保存实力，再图将来。"

说罢，他转身离去。他离开的时候，夜更深了。

法华寺内，从月光走到灯光，不过只有几步路程。但正是这寥寥几步，满心疑虑的袁世凯、重任在身的谭嗣同却带着各自心思，走得那样缓慢。枯灯之下，谭嗣同对袁世凯说，他今日到此，身上带了两样东西。袁世凯注视着他，不解地问，这两样都是什么？

于是，谭嗣同掏出密诏，递给对方。袁世凯双手接过，仔细阅读，这才了解到事情的原貌。

"事已至此，若不除慈禧老朽，恐我皇上位将不保。"谭嗣同冷冷地说。昏黄的灯光照射在他的脸上，一半明，一半暗，仿佛此时此刻，他的一只脚，已踏入黑暗的地狱。他清了清嗓子，眉头紧锁着，两只眼睛炯炯有神。他紧紧地盯着对方，目光深邃，似乎是迫切想要看透对方的内心。

他只要袁世凯配合他做两件事：

"一、诛杀荣禄；二、兵围颐和园。"

说完这些，他掏出了第二样东西。

袁世凯愣住了。在谭嗣同抬手的一刹那，他的眉宇之间，一把金色的枪，正借着那昏暗的灯火，闪闪发光……

# 三十七

谭嗣同告辞的时候，惨白的灯光照射着他消瘦的身躯，而后，他就转身离去，渐渐地走向那无尽的夜幕，渐渐地被那无情的黑暗，一口吞噬了去。

那注定将是一个不平凡的夜晚。在枪口下，袁世凯答应了对方的要求。"世凯三世受恩，怎会辜负了皇上？"他说，"杀死荣禄就如杀死一条狗般容易！"最后，他进一步解释说，他的小站兵马只有七千，出兵最多只有六千，若想与清军北洋的四五万，淮、练的七十多营，以及北京内的数万旗兵一较高下，就必须待他回到天津，悉心筹划一番，到那时，大事即可成矣。

在枪口下，他的话说得慷慨激昂。谭嗣同相信了他。

可是夜太黑了。夜幕下，没有人能够看清脚下的路。迷茫中，偶有那微弱的灯火，飘散在半空，零星地照亮眼前的征途。但没过多久，一阵风吹来，瞬间化作乌有，最后，只剩下一股淡淡的煤油味，徘徊在原地，久久不愿散去。

谁愿做那行将熄灭的枯灯？谁愿在这暗无天日的岁月里，化作那股呛鼻的味道？在这寂静的夜晚，望着谭嗣同和他身后那群满腔壮志的同志们孤独的背影，袁世凯冷冷地摇了摇头。

就在他慷慨陈词后的第三天，乘坐着一列发自11点40分的火车，他回到了天津。当熟悉的街景重新浮现在眼前的时候，他意味深长地叹了口气。

和那些胸怀天下的志士仁人相比，在那个人人自危、人人自保、人人看不到明天、人人在老旧思想下被腐化、被蚕食的年代里，在那个看不到未来的岁月里，身为一个封建体系下催生出来的"士大夫"，他所谓的新思想，从本质上看，和那些守旧的大臣，又会有怎样的不同？

在这返程的路途上，他所思量的，无非只有那么一件事：太后的胳膊比皇上的大腿还要粗。而他，并不愿做那夜幕下的枯灯。

几个小时以后，他告密了。

……

1898年9月20日深夜，夜幕下那盏枯黄的灯，终于熄灭了。直隶总督荣禄，乘坐专列，从天津连夜赶往北京。颐和园里，年过六旬的慈禧太后，终于震怒了。愤怒过后，她决定迅速起身，返回大内。

9月21日凌晨，文武百官跪倒在了紫禁城的大殿之内。慈禧太后怒目而视，年轻的光绪皇帝，于是在这场彻头彻尾的失败过后，让出了自己的座位。尊贵的太后坐到了龙椅上，当着所有这些大臣们的面，她气上心头，破口大骂。

皇上跪在了地上。这时的他，惊恐万状，无所适从，好像一个尚未长大却已受了惊吓的孩子。慈禧太后胜利了，她所保护的守旧大臣们全都回来了。是啊，这年轻的皇上也许直到这样的时刻，才最终明白，在这个老迈的国度中，这场新旧之间的争斗，从一开始，就注定了后者的胜利和前者的落寞。

慈禧太后的怒火，从康有为、梁启超，烧到军机四章京，又从废除八股，广设学堂，烧到制度局、懋勤殿。百日之内，皇上竭尽心力，奋发图强，为引入世界进步文明所付出的一切心血，就这样，被她的怒火烧得精光。一场训示之后，所有那些变法的成就，所有那些改革的举措，除一所京师大学堂外，竟尽数废除，无一幸免……

随后，她清了清嗓子。她落泪了。没有人知道，此时此刻，这个狠毒的女人所流下的眼泪，究竟只是一场表演，还是真的发自内心。人们所能看懂的是，这个年过六旬的老太太，这时也许终于骂累了。她哽咽着，喘息着，当着大臣的面擦干了眼泪。所有人都跪在地上，所有人都屏着呼吸，没有一个人胆敢发出声响。

她的目光扫过群臣，接着又重新清了清嗓子，将这冰冷的目光，狠狠地落在了光绪皇帝的身上。

最后，就在这令人窒息的沉默中，这年轻的皇上，伴着他那急促的心跳，紧张地听到了他的"亲爸爸"，对自己的发落。

"皇上累了。去休息吧。"


1898年9月21日，从这一天开始，大清帝国的第十一位皇帝，也是他们入关后的第九位皇帝，就这样被那阴险毒辣的老太太，软禁在了中南海内，一个叫作瀛台的小岛上。从此以后，这位不愿做亡国之君、立志改革图强的年轻皇帝，就成了他自己所统治的土地上，一位不戴枷锁的囚犯。

……

# 三十八

1898年9月20日，康有为奉旨出外。他辗转多地，最后逃亡日本，自此踏上了漫漫的流亡之路。不论付出了多少努力，不论赔上了多少心血，维新党人从强学会一路走来，他们又创办了圣学会、湘学会、保国会，他们竭尽所能，引进西方进步学说，号召国人自立自强，所作所为，不过只为了那个共同的目标，那就是救国。

救国，救国！一声声呐喊，一声声呼唤，经过了漫长的隐忍和等待，当康有为迈着轻盈的步伐，踏入颐和园，踏入仁寿殿，将自己毕生所学和盘托出，讲给那同样渴望救国救民的光绪皇帝时，他们仿佛终于迎来了自己的春天，也似乎隐隐间，为这广袤的中华大地，迎来了自1840年开始便不复存在的春天。

只可惜，这一切都太过短暂。短短的一百零三天过后，所有美好的愿望，全都成了那刀光剑影中，一滴沉重的血泪。

就在他走后，梁启超也出逃了。他首先躲在了日本公使馆，随后又经过天津大沽，登上了一艘日本的军舰。一个月后，在那个异国他乡的小岛上，他重新见到了他的老师。二人相见，千言万语，却最终化作声声涕泪。失去了一切，两个男人紧紧地拥抱在一起，那样暗无天日地哭泣着、哭泣着……

屠刀举起，屠刀落下。1898年9月28日，在一百零三天以后，这场疾风暴雨般的维新变法运动，就这样草草地落下了帷幕。那是一段血与泪的悲歌，一段属于岁月与沧桑的记忆。就在这记忆的最后，经过了四天四夜的大搜捕，六位志士遭到了清算。这六个人分别是：林旭、刘光第、康广仁、杨锐、杨深秀，还有一位是谭嗣同。

谭嗣同是在9月24日被捕入狱的。和所有人都不同的是，他本有机会随着梁启超的步伐，一道流亡海外。可是，他拒绝了对方的邀请。梁启超劝说他为了维新变法的明天，保存实力，再图将来，而他却推开对方的手，冷静地留下这样一段独白：

不有行者，无以图将来。不有死者，无以酬圣主。各国变法，无不从流血而成，今中国未闻有因变法而流血者，此国之所以不昌也。有之，请自嗣同始！

在这毅然决然的谭嗣同面前，梁启超流下了眼泪。谭嗣同对他高喊一声，"快逃！"而后，便将他推了出去。

就这样，风停了。

一切都忽然静了下来。

一切都静得令人胆寒。

随着那场疾风暴雨的停歇，1898年9月28日，在北京城的菜市口，围观的群众排成了一排。六位志士仁人，就以这样一种惊心动魄的方式，向着他们人生各自的终点，缓缓驶去。而就在这人生的最后一段旅途中，就在这苍凉的大地上，这冷漠的人群间，谭嗣同仰天长啸，放声高呼：

"有心杀贼，无力回天！死得其所，快哉快哉！"

接着，屠刀举起，屠刀落下……

人群散了。六个人头滚落在地。

喧闹的北京城里，吹来一阵冰冷的风……


几天以后，在谭嗣同曾住过的牢房中，一位狱卒在无意间，看到了墙壁上书写的文字。他很好奇，于是便俯下身去，一字一句地读了出来：


> 望门投止思张俭，忍死须臾待杜根。
>
> 我自横刀向天笑，去留肝胆两昆仑！


"去留肝胆两昆仑。"他不住地念叨着。

……

# 三十九

喧嚣过后，在那个凄凉的夜晚，李鸿章的对面，坐着一位"老朋友"。

那正是令他终身蒙羞的日本前首相伊藤博文。此时此刻，这个"老朋友"正在以私人的身份，领略着大清国这个手下败将的大好河山。

只是无关胜负，无关生死。血雨腥风之后，两个谈判桌前的对手，历经十三年的较量，终于以寻常人的心态，挂着僵硬的笑容，彼此聊起了心声。

十三年就这样过去了。十三年前，对方还只是个学生。十三年后，这个学生所为之奋斗的祖国，却已一跃而起，跳进了世界强国之列，成了东方一股强劲的力量。十三年可以催人老去，十三年，也可催生出工业的发达、舰炮的强悍，但十三年啊，却也同样可能一无所获，恍惚间，从一个失败，走向另一个失败，从一份耻辱，衍生出更大的耻辱。

这些思绪，在过往的日子里，曾使李鸿章感到无限的压抑。但在此时此刻，这所有的一切，令他徒增无数的困惑。就在这已然平静的喧闹中，戊戌变法失败了。他曾支持过变法，却又因这全面的变革，心生恐惧。地位、利益、权力……他曾因北洋水师的经费问题，而私下里抱怨、谩骂、指责，把自己失败的原因，埋怨成他人的"掣肘"。

而今，面对这戊戌变法的失败，他忽然觉得，自己和所有那些如自己这般手握既得利益的老人，都仿佛也变成了对方的掣肘。在这场救国运动中，他消极应对，未置一词。而他的亲家杨崇伊，却又在他的未知可否中，成了一个十足的告密者。

风波过后，慈禧太后将他召进了宫。寒暄之后，却忽然提起他当年给"强学会"捐款的事儿，咬着牙关说，"有人弹劾你是康党。"他愣了一下，本想要一口否认，却又不禁想起，甲午之战时，正是他的消极避战，直接葬送了北洋水师反击的可能。

多少年来，为了他自己，他总是这样退让，这样畏缩。恍惚间，他也不由得反思起来。谭嗣同的大义凛然，伴着那铿锵有力的怒吼，依然回荡在北京城的上空，久久难以散去。那份对变法的执着，震撼了所有人。那是不计成本的，是真正奋不顾身的崇高信仰。

反观自己，他长叹一声。他已垂垂老矣，办了二十五年的洋务，他所做的这一切，都无法超越他个人的私欲。想到这些，一股莫名的热情，忽然涌上心头，他情不自禁地抬起头来，对太后说："若变法者皆为康党，那臣，就是康党。"

太后把他的话当成了玩笑。因为他不会，也不可能真的成为时代的引领者。

餐桌上，在谈论到戊戌变法的失败时，伊藤博文语带轻蔑地对他说：

"治理弱国，犹如修缮破烂房子。若好事者手举重锤大拆大建，房子非但无法修缮，恐怕最终，还会土崩瓦解吧。"

李鸿章点头表示了赞同。这话，也使他内心的自责，多少平复了下去。但他也许不曾想过，房子的破烂，正是因砖瓦的老化与腐坏，而他本人，早已沦为其中的一员……

# 第四章　怒

The End
A Start

# 四十

漫漫夜路，有谁能知道，在历史的节点上，究竟是什么拖住了炎黄子孙继续前进的步伐？

是什么阻碍了三千年的辉煌？是什么嘲讽了五千年的灵魂？

是谁在制造屈辱？又是谁在创造衰败？

有人说，是信仰。是中国人的信仰落后了，所以要砸佛庙、毁道观，要引入西方人的天主，要手捧西方人的《圣经》。他们是太平天国。他们最终走向了失败。

有人说，是武器。是中国人的武器落后了，所以要与外通商，大举购买坚船利炮，要派武官出外学习。在他们眼中，中国的制度都是完美的，只要学好了这些新玩意儿，重返世界之巅，就指日可待了。他们被称作"洋务派"。三十多年以后，他们同样失败了。

接着，维新派跳了出来。他们认为，中国落后的不是技术，而是制度。中国的皇帝，还只是个封建的皇帝；中国的社会，还只是个封建的社会。想要解决这一切，就必须自皇帝以下，来一场破天荒的大改革。他们要改造封建的体系，改造封建的社会，要把皇上也改造成一个躲在宪法后面的皇上，一个资本主义的皇上。但最终，历经一百零三天的斗争，他们也一样失败了。

失败接着失败。在这一次又一次的失败过后，中国究竟是进步了，还是倒退了？究竟是强大了，还是更加衰败？迷茫中的人们，却无从知晓。他们只是看到，尾随在这一次次失败之后的，是一场又一场的耻辱，是越来越大的耻辱，是越来越蛮横的压迫。

公元1899年。一匹饿狼，又一次张开了嘴。强占了胶州湾的德国人，再次向前迈进了。于是，兰山、日照、即墨、沂州……枪口所指，血染残阳。

随后，另一匹狼也来了。英国人在地上随意画了个圈，于是，威海卫，就被圈在了中间。美国人在蠢蠢欲动，俄国人在蠢蠢欲动，法国人、日本人……虎视眈眈的列强，全都在蠢蠢欲动……他们全都要在这古老的土地上，争夺属于自己的利益，要求属于自己的权力。

他们挖祖坟、占田地，巧取豪夺，他们的利益，要高于中国人的利益。他们划租界，修教堂，霸占航路，垄断贸易，他们的权力，更要高过中国人的权力。

弱小的国家只有退让。弱小的民族，只有隐忍。但这退让，最终换来了更大的进犯。这隐忍，最终换来了更大的耻辱。可是，这五千年的灵魂怎会轻言放弃？那三千年的辉煌，怎会束手就擒？

就在这退让中，这隐忍中，这越来越多的进犯和耻辱中，仇恨的火种，却也在相互叠加着。怒火是愚昧的。但在这茫然的岁月里，在这黑暗的夜路中，还有怎样的理性，能比这燃烧的愚昧，更能照亮脚下的路？

1841年，面对英国人的入侵，广州郊外的三元里，仇恨中，愤怒的民众，不顾洋枪洋炮的威力，手持榔头与锄刀，用不畏生死的反击，拒绝着任人宰割的命运。

1870年，天津城内的教堂，在烈火中熊熊燃烧。愤怒中，天津城内的市民，用无所顾忌的砍杀，回应了来犯者长久以来的跋扈。

1897年，山东乡民用两具德国传教士的遗体，表达着内心的愤懑……

可是，豺狼还在前进，猛虎还在入侵。更多的坚船利炮开了过来，更多的洋枪洋炮，指向了前方。更大的不公，更大的压抑，更大的退让，更大的耻辱……时间就这样在黑暗迷茫中，来到了1899年。广袤的中华大地上，德国人的入侵，更加深入了。英国人的入侵，更加深入了。环顾四周，所有的列强，所有的敌人，全都在向前推进、推进，他们全都更加深入了。

唯有这片土地真正的主人，在妥协，在后退……

但每退一步，那仇恨，就愈加堆叠。直到后退的道路，已是尽头；直到这耻辱压得人无力喘息；直到手无寸铁的人也举起了武器，生性平和的人也怒目圆睁；直到弱小的民族在一次又一次的失败中，愈加迷失了自己，愈加不知所措，然后忍无可忍、退无可退。

这时，那苍凉的天地间，响起一首恐怖的歌谣：


神助拳，义和团；只因鬼子闹中原。

劝奉献，真欺天，不敬神佛忘祖先。

女无节义男不贤，鬼子不是人所添。

如不信，请细观，鬼子眼珠都发蓝。

神发怒，佛发愤，派我下山把法传。

我不是，邪白莲，一篇咒语是真言。

升黄表，焚香烟，请来各等众神仙。

神出洞，仙下山，扶助大清来练拳。

不用兵，只用团，要杀鬼子不费难。

烧铁道，拔电杆，海中去翻火轮船。

大法国，心胆寒，英美俄德哭连连。

一概鬼子都杀尽，大清一统太平年！

这，就是义和团。

# 四十一

寒风中，步履蹒跚的老人，停止了回忆。胡同的尽头，联结着宽阔的大道，从这头走到那一头，他走了25年，走了40年，也走尽了整整一生。义和团的喊杀声仿佛依然不绝于耳，那是愚昧，那是绝望，那是愤怒，那也是一条条勇猛的汉子，在用自己最为质朴的爱国情怀，冲着敌人猛扑而去，即便粉身碎骨，也在所不惜。那仿佛是一群幼稚的孩子，更是一群崇高的猛士。他们丢弃了三千年的理性和智慧，却并没有失去那五千年的不屈的灵魂。

喊杀声中，以保护国民为借口，英国人出兵了。法国人出兵了。美国人、俄国人、德国人、日本人，还有意大利、奥匈帝国，那些虎视眈眈的敌人，全都出兵了。没有人知道，这将意味着什么。混乱中，所有人都丧失了理智。在这疯狂的历史洪流中，每一个中国人，都怒目圆睁，咬紧牙关，狠狠地盯着所有的来犯者。就连那狡诈、保守、卖国的慈禧太后，也终于不顾一切地站了起来，在那昏暗的紫禁城中，冲着满朝文武，郑重地大喊一声：

"开战！"

震天的怒吼之后，是一片死寂。当子弹滑膛而出，当炮弹遍地开花，所有那些愤怒，那些斗志，那些不屈的精神，那些誓死如归的信念，在这一刻，全都为这死寂所容纳。1900年8月15日，一场暴雨淹没了北京。那是一场冷酷无情的枪林弹雨。雨过之后，北京城内，已是尸横遍野，血流成河。

在这天，慈禧太后逃跑了。临走的时候，她下令把皇上的爱妃珍妃，投入了井中，只因这个女人曾忤逆过她。当年，翁同龢忤逆了她，她就赶走了翁同龢。康有为忤逆了她，她就肆意屠杀维新党人。皇上忤逆了她，她就把皇上囚禁了起来。在这个老旧的国家里，她只手遮天，仿佛能够把所有那些令她不满的人，统统消灭。于是，再没有人敢指责她的愚昧和昏庸，再没有人胆敢不经她的认可，多说一句话，多做一件事。

洋人忤逆了她，她也要将其消灭。可是，凭借着发达的工业、进步的体制，凭借着手里的枪炮，洋人一路高歌猛进，不只忤逆了她，还侮辱了她，欺负了她，横扫了她的军队，打穿了她的城墙，她却只能如老鼠那般胆小，梳了一个汉家老太太的头，从紫禁城的后门，灰溜溜地逃跑了去。

然后，北京沦陷了。一切都只剩那团死寂。大清帝国神圣的龙椅上，出现了英国人的身影、德国人的身影、美国人的身影……最后，他们干脆坐在一起，拍了一张"全家福"，以表纪念。他们在紫禁城内举行了盛大的阅兵典礼，在皇宫之中肆意抢掠，对那些久负盛名的瓷器和文物指指点点，围坐在皇家的餐桌旁享受着美食。

他们罗列了一张长长的表格，表格上写满了人名，而排在第一位的，就是这大清帝国的慈禧皇太后。

那是一份惩办祸首名单，在他们眼中，正是这个记恨着他们的昏庸女人，纵容了这起由义和团发动的血雨腥风。

在一路的逃亡中，太后的人马经过山西，来到陕西。紫禁城中的威严，颐和园中的秀丽，在这大山大川之间，全都化作一抹忧伤。车轿经过山西大同的时候，这个享惯了美食的老太太实在饿极了，竟将百姓奉上的窝头一口吞下，然后快乐地失声痛哭起来。也许在那一刻，回想起自己的一生，回想起这一生的残忍，对祖宗，对臣民，她是感到愧疚的吧？

1900年8月下旬，四下逃窜的太后，依然还在逃窜着。身在南方的李鸿章，则收到了她的电报。那时候，李鸿章正是奉她的命令，在两广出任总督，面对着日益复杂的局势和这日渐衰落的帝国，这个老人，只想安逸地度过晚年，走完这一生。

但一切又戛然而止了。电报传来的那一刻，这年过七旬的老翁，仰望苍天，狠狠地摇了摇头。这么多年行走于权力之间，他知道，在这样的时刻，他将面对什么，他又将得到什么。

许多年来，在这个老旧的世界里，这个老旧的体系中，他始终是新事物的倡导者，是走在前面的士大夫，是一个领路人、一个舵手。可是，在这变化无穷的时代中，在这翻滚着耻辱与仇恨的民族中，他却是个落后者，是个保守者。他提倡改革，改来改去，却总是舍掉这所有问题的真正核心。

他的进步，是有限的。在历史的大潮流中，他依然不过是条封建体系下的看门狗。


1900年12月2日，寒风中，他回到了北京。古朴的贤良寺内，是一片狼藉、一片悲凉。站在这狼藉中、这悲凉中，那痛心的过往，一幕一幕，仿佛又一次浮现在他眼前。甲午战争，中国人第一次惨败给自己的学生，一片"卖国贼"的骂声中，他就曾隐居在此，在耻辱中煎熬着。

他捂着嘴，狠狠地咳嗽了几声，而后，鲜血便染红了手帕。他曾遍访欧美，在各国认识不少友人，也留下过不少美名，可当他迈着沉重的步子，再次出现在谈判桌前，英国人、美国人、法国人、德国人、俄国人……那些他去过的、没去过的、友好的、生疏的国家，那些认识的、不认识的、交谈过的、没交谈过的朋友，在这一刻，全都虎视眈眈地围坐在一起，龇着牙，吐着舌头，流着口水，狠狠地盯着他。

他知道，这将是一场漫长的谈判。一切激烈的唇枪舌剑，到最后，都无法改变那唯一的结果。

那就是——卖国。


1901年，那是中国的辛丑年。谈判延续了十个月，在反反复复的讨价还价过后，李鸿章终于松了口气。八国联军删掉了"祸首名单"上慈禧太后的名字。为分化列强，李鸿章在私下的谈判中，以出卖东三省的代价，获得了俄国人的支持。电报传来，远在陕西的慈禧太后，也终于松了口气，仿佛打了胜仗似的大笑起来。

在笑声中，这逃窜生涯的狼狈，却又似乎被她抛之脑后了……


1901年9月7日，议和的最终条款，摆放在桌上。谈判桌对面的洋人们，冲着李鸿章点了点头，他俯身下去，最后一次审读了条约的主要内容，上面写着：


一、派头等专使至德国谢罪，为德国被杀公使树立纪念碑。

二、惩办祸首，凡与义和团有瓜葛者均在内。凡义和团出没之城镇、农村，一律停止文、武考试五年。

三、派官员至日本谢罪。

四、外国人之坟墓受损处，立"涤垢雪侮"之碑。

五、两年内禁止军火等器材进口。

六、赔款白银四万万五千两，分三十九年付清，本息合计九万万八千万两。

七、划定外国使馆区，各国可在使馆区内驻兵。

八、削平大沽炮台及大沽到北京沿线所有炮台。

九、自北京至山海关沿线十二处战略要地，由外国人驻兵镇守。

十、禁止中国人建立排外组织，违者处斩。纵容其之官吏终身革职，永不叙用。

……


绝望的一阵叹息后，他面无血色地、沉重地点了点头。随后，他又一次伸出那只颤抖的老手，用尽全力，拾起笔，在那一纸沉沉的《辛丑条约》上，缓缓地留下了自己的名字。

耻辱中，他完成了太后的任务。

那是他的又一次卖国。

也是他此生的最后一次卖国。

# 第五章　落　幕

The End
A Start

# 四十二

1901年，也就是光绪二十七年的十一月六日，古朴的贤良寺内，李鸿章倒下了。任务完成了，他却在阵阵咳嗽之后，大口大口地吐起了血。他知道，操办了二十五年洋务，在政坛摸爬滚打四十年，他这一生，在骂名中前行，也终于要在这骂名中，走到了尽头。他就要闭上眼，永远地睡去了。

但就在这临别的前一刻，他最后一次用尽了力气，为他所效忠的慈禧太后，留下了自己的全部心声。

伏念臣受知遇最早，荣恩最深，每念时局艰危，不敢自称哀痛，只希望稍延余命，重睹中兴。如今怀抱着未遂的志愿而亡，实在难以瞑目。时值京师初复，銮驾未归，和议新成，东事仍然棘手。根本大计，各个方面都令人忧虑。

窃念多难兴邦，殷忧启圣，伏读屡次谕旨，举行新政，力

图自强……


弥留之际，回忆中，他仿佛又看到当年那个意气风发的自己，那个"三千里外欲封侯"的自己。可是，油灯枯尽，一切都随风消散。恍惚间，他用哀鸣般低沉的声音，勾勒着自己的一生：


劳劳车马未离鞍，临死方知一死难。

三百年来伤国步，八千里外吊民残。

秋风宝剑孤臣泪，落日旌旗大将坛。

海外尘氛犹未息，诸君莫作等闲看。


他终于还是缓缓地闭上了眼睛。胡同的尽头，联结着宽阔的大道。在这胡同里，他走了二十五年，走了四十年，走尽了一生，却依然没能走到那里，也依然不曾弄明白那个深奥的问题。接受了那么多的耻辱，签订了那么多的条约，在这历史的长河中，他究竟算一个勤勤恳恳的忠臣，还是一个赤裸裸的卖国贼？他头顶的骂名，究竟会随着时间的推移而淡化，还是会在越发逼近的明天，愈加深刻？

他最后一次反思着人生。他想起，在二十五年的洋务生涯中，他理所当然地，利用手中的特权，把一个又一个亲戚和亲信，安插

在重要的岗位，他的家族产业，有千万两之巨。天下人因此而讥讽他"宰相合肥天下瘦"，那也许是他不能回避的腐败与堕落。他的失败终将无法挽回，亦将被时代远远地甩在身后，因为他的"进步"，本就是旧的。

就在这时，一个身影横冲直撞，大喊大叫着，想要冲进门来。隐隐间他感知到，那是一个洋人。门前守卫上前一步，用身体阻挡着对方，最终却没能挡住对方入犯，最后"扑通"一声摔倒在地。

回光返照的刹那，李中堂睁开了眼睛。只见俄国公使高举的手里紧握着文件，大声呼喊着说：

"中堂大人，请兑现你的承诺！请签下你的名字！"

他知道那是什么。

那是帝国边陲，广袤的东北三省。

但这一次，他没有妥协，没有退让，没有在屈辱之后，用颤抖的手，又一次丧权辱国。

他怒目圆睁，却已精疲力竭。

带着所有的遗憾与伤感，他咽下了最后一口气。

当随从试图轻轻地合上他的双眸时，却有两行凄冷的泪珠，沿着那深陷的皱纹，滚落在地，和那支离破碎的时代一起，永远、永远地，残留在了记忆的深处……

# 第六章　尾　声

The End

A Start

# 四十三

李鸿章过世后一个多月，在骂声中有一本书问世了。这本书叫《李鸿章传》，其中没有谩骂，没有指责，却在开篇不无感伤地写着："吾敬李鸿章之才，吾惜李鸿章之识，吾悲李鸿章之遇！"

而这个人，竟是为清廷满世界追杀的维新党人梁启超。

书的最后，作者借龚自珍的诗来表达他内心的呼唤：


九州生气恃风雷，万马齐喑究可哀。

我劝天公重抖擞，不拘一格降人才！


公元1909年，那是李鸿章过世后的第八年。这一年，在中国东北地区的重镇哈尔滨，一位来自日本的老人忽然倒在了地上。这个人，就是日本故相伊藤博文。半秒之内，在那戒备森严的安保中，有一个身影，高举手枪，冲他连开三枪。而后，所有人都混乱了，但这开枪的人自己，却淡定地站在原地，等待着生命的终结。

在伊藤博文的领导下，日本人在朝鲜倚强凌弱，肆意屠杀。

而此时此刻，这打在他身体里的三颗子弹，正是对这穷凶极恶的屠夫，最好的报答。

刺客被逮捕了。他并非是位中国人。但他的勇敢，却得到无数炎黄子孙的钦佩。他是一位来自朝鲜半岛的义士，名叫安重根。

……

在黑暗中，在迷茫中，在失败中，在屈辱中，中国人从未停止探索的脚步。提出彻底改革的维新党人失败了，中国却迎来了更加激进、更加顽强的新组织，他们不只要改革，更要革命，那就是中国同盟会。1911年，那是中国的辛亥年，这一年，在孙中山的领导下，同盟会向着清廷发起了最后一次起义。一年以后，手握重兵的直隶总督袁世凯临阵倒戈了，就在这一年，清朝最后一个皇帝——宣统帝溥仪正式宣布退位。一个崭新的时代来临了，在"民族、民生、民权"的"三民主义"号召下，中华民国成立了。

可是，他们依然不曾走出迷茫。顶着一个共同的招牌，这个组织并没有完成整个国家在真正意义上的统一。清朝遗臣袁世凯出任了大总统，没过多久，他又做起了皇帝梦，他"登基"了。可好景不长，一阵骂声滚滚而来，在骂声中，他的梦，只维持了八十三天，便草草收场。随后，他就病逝了。

就在袁世凯死后，他的徒子徒孙，北洋军阀四分五裂、兵戎相见、自相残杀。中国又一次陷入了黑暗。但在黑暗中，救国救民的志士仁人，依然在摸索中勇往直前。1921年7月，一个更加崭新的组织在上海诞生了。那就是中国共产党。

走在前面的，落在了后面。推翻清朝封建统治的资产阶级组织中国同盟会，由同盟会衍生而出的中国国民党，在中国共产党的面前，成了守旧派。共产党是一个无产阶级领导的政党，要在资本主义的基础上更进一步，建设一个全新的社会主义政治体系。

于是，有人害怕了，有人反对了。新的斗争开始了。新的战祸爆发了。内战继续着，外患却又卷土重来。1931年9月18日，满目疮痍的中华大地，又一次遭到了来自日本的进犯。在这共同的敌人面前，带着对国耻共同的回忆，国共两党从彼此对抗走向了联合，中华民族从分裂走向了凝聚。在长达十四年的战斗中，在尸横遍野的山林中，在血流成河的城池中，在人民战争的海洋中，侵略者迷失了，被围剿，被击溃，被俘虏，被消灭……1945年8月15日，他们投降了，他们认输了，在谈判桌上，他们留下了失败者的名字。

1949年10月1日，一个新中国诞生了，这就是中华人民共和国，那是由中国共产党所领导的国家。这一天，一位可敬的领导人站在天安门城楼，挺直了腰板，用铿锵有力的声音向世界郑重宣布："中国人民从此站起来了！"

随后，那头顶的阳光，便揉碎了无尽的黑暗……

1950年，战争又一次在朝鲜半岛爆发了。但这次跨过鸭绿江的中国部队，却变成了一支战斗力十足的铁军，这就是中国人民志愿军。他们与朝鲜军队并肩作战，与由美国、英国、法国、加拿大、澳大利亚、新西兰、荷兰、比利时、卢森堡、希腊、土耳其、哥伦比亚、泰国、菲律宾、埃塞俄比亚、南非等16国组建的"联合国军"正面对抗。

三年后，联合国军在一次次惨痛失败后，被彻底从鸭绿江边打退到北纬38度以南，也就是三八线以南，于板门店和中朝联军签订停战协议。战后，中国人民志愿军司令员彭德怀意气风发地宣布：

几百年来，西方帝国主义列强在东方一个海岸线上架起几门大炮，就能征服一块土地的历史将一去不复返了！

于是，一个崭新的时代开始了！

1978年，中国实行改革开放。

1997年7月1日，香港回归祖国。

1999年12月20日，澳门回归祖国。

2001年，《辛丑条约》后的第一百年，中国经济开始腾飞，势不可挡。随后，2005年，中国经济总量超越法国，2006年超越英国，2007年超越德国。2009年，超越日本，跻身世界前列。

2008年，北京首次举办夏季奥林匹克运动会。

2016年，中国人才资源达1.75亿人，居世界第一；年均发明专利受理数超过100万件，世界第一；高速铁路总里程2.2万千米，世界第一；城市轨道交通里程4153千米，世界第一；高速公路总里程13.1万千米，世界第一；经济总量112321.1亿美元，世界第二；研发经费1.57万亿元，世界第二。

2017年5月15日，在中华人民共和国的主持下，第一届"一带一路"圆桌峰会在北京召开。与会者包括30位国家元首、政府首脑及联合国秘书长、国际红十字会主席，3位重要国际组织负责人以及130多个国家的1500名各界贵宾。

2020年……

2030年……

……

一百多年转瞬即逝，北京城里的王府井大街，如今，已是一处繁荣之所在……

# 后　记

　　这本书的主要内容，大约是从1840年鸦片战争开始，以1898年的"戊戌政变"为最高潮。巧合的是，整个故事从创作到完成，落笔的时间，恰恰是两个甲子以后的又一个戊戌年。

　　落笔后的第二个礼拜，我专程跑了一趟天津，此行的目的十分简单——就是要去看一看那些被我从史料上，搬入小说中的地方。于是，在当地好友夏国涵博士的帮助下，大沽炮台、小站练兵园、望海楼天主堂、北洋大学堂……那些曾在近代史上掀起一阵波澜的地方，便一个接着一个呈现在我的眼前。只是随着时光的消磨，这一切终归冷冷地暗淡了下去。

　　大沽口的防御工事，在八国联军入侵以后，就被下令拆毁了，只留下几门复制版的大炮，孤独地指向远方。小站练兵园门前驻军的地方，如今成了一排排热闹的餐馆，至于当年这里发生过什么，走出过什么样的人物，人来人往间，却很少有人还在提及。

望海楼天主堂经过了几次翻修，如今成了一座常为人所忽视的地方，以自强为口号，积极向西方学习新学的北洋大学堂，四周围被更新的校园所包裹——如今已是河北工业大学里一个沧桑的角落。

在繁华的现代都市中，这些历史的遗骸，已不再像当年那般闪耀。它们老了，旧了，变成了过往，化作一块属于上个时代的伤疤，成了人们常常忽略的印记。

许多九〇后或者零零后的孩子们，从出生的那天起，就面对着一个高速发展的新时代，到他们的视野愈加广阔，拓展到周遭的社会时，改革开放的种子，已在这个古老国度上，开出了艳丽的花朵。

也不知是从什么时候开始，从太空到陆地，从深海到浅滩，从日常生活到高新科技——最尖端的量子技术，最寻常的网络购物，最便捷的高速铁路，规模庞大的基建制造，中国人的影响力早已是无处不在。

生活在如此背景之下的孩子们，又该怎样理解那段饱受屈辱的岁月？该怎样理解他们脚下这条和平、宽阔、舒适的道路？他们是否能想象到，一百多年前，就在这同一片土地上，他们的前人所面临的两个难以解决的问题，在今天看来，竟是那样的小儿科。这两个问题：一个是如何避免挨打；一个是如何避免挨饿。

社会是动态的。中国历史上的辉煌是动态的——否则，便不会出现晚清的落寞。今时今日，围绕在我们四周这安定的环境，也是动态的。历经一代又一代的探路者，一次又一次的失败与重生，在多少汗水中，在多少眼泪中，才总算生出这来之不易的和平与繁荣——这一切，都值得每一个人去爱护、去珍惜。

从历史的教训来看，再殷实的家业，没了积极的进取心，到头来，也终将毁于一旦。当中国，这个全世界最早发明了突火枪的伟大国度，却倒在列强后来居上的枪声中时，那份感伤，又岂止几行泪珠。

当人们在空前繁荣的物质文明中迷失了方向、有所懈怠的时候，希望这部历史小说，可以在每一个读者面前，重现那段举步维艰的岁月，更希望我的读者朋友们，能够在这时空的穿梭中，为今天的自己，找到前进的动力——去思考，去探索、，去回忆，去重新认知今时今日，在这不愁吃穿的太平时代里奋斗的意义。

最后，我要在这里特别感谢察哈尔学会秘书长张国斌老师。张老师曾是一位资深的外交官，外交是一个国家综合实力的晴雨表，对于"弱国无外交"的认知，他深有体会——正是在与张老师的多次交流中，我受到了启发，从而产生了创作本书的灵感，于是完成了这部并不很厚的作品。

　　我所做的一切，只是希望读者们，能够重温那段历史，了解当时这个国度及其国人所受的屈辱，能够在安定的生活中，依然牢记那再简单不过的八个字：

　　　　不忘初心，方得始终。

李禹东

2018年3月12日于太原